U0869922

天涯逐风去

马玉琼 著

文化发展出版社
Cultural Development Press
·北京·

图书在版编目(CIP)数据

天涯逐风去 / 马玉琼著. — 北京：文化发展出版社，2022.8

ISBN 978-7-5142-3734-4

Ⅰ.①天… Ⅱ.①马… Ⅲ.①散文集－中国－当代 Ⅳ.①I267

中国版本图书馆CIP数据核字(2022)第051169号

天涯逐风去

马玉琼 著

责任编辑：岳智勇
出版发行：文化发展出版社（北京市翠微路 2 号 邮编：100036）
网 址：www.wenhuafazhan.com
经 销：各地新华书店
印 刷：唐山楠萍印务有限公司

开 本：710mm × 1000mm 1/16
字 数：200 千字
印 张：13
版 次：2022 年 8 月第 1 版
印 次：2022 年 8 月第 1 次印刷

定 价：49.80 元
I S B N：978-7-5142-3734-4

◆ 如有印装质量问题，请电话联系：13121110935

目 录

第一辑 鲜衣怒马，不负年华

苍茫海上，是谁家少年，身骑白马，踏浪而来 002

莫干山中隐 007

烟花三月，纸伞轻旋过扬州 015

你可曾寻过，梦中的夏、雨、荷？ 019

第二辑 流浪泰国，见己见佛

为了告别的旅行，你要勇敢，向前走，别回头 026

初见清迈，你是玫瑰少女的娇羞模样啊 030

去看庙，在佛前，沐浴霞光 034

去看庙，欲上青天揽白云 040

城墙根下 044

来啊，在清迈虚度好时光 048

人象无争应有日 051

清莱白庙，天堂是不是这样 056

来到黑屋，请你不要害怕 060

湄公河上，揭秘金三角 063

长颈族，残酷的美丽 068

夜曼谷，是谁，纵身跃入酒杯 070

特色集市，遇见最真实的暹罗 074

金色皇宫，藏宝玉佛 078

公交漫游，放飞在曼谷街头 082
今夜，我在湄南河 085

第三辑　黔山贵水，月迷风醉

和贵阳，于夜幕的烟火里相遇 090
博物馆与菜场，贵阳的前世和今生 093
观山湖公园，做一回临水看花人 097
黔中有灵山 101
麒麟洞中囚麒麟，碧血丹心照汗青 106
云上贵州 112
长路尽处，可有人温柔守候 115
寻梦桃源，探秘布依古寨 118
那一天，关于万峰林和你 122
此行欲往何处？踏仙洞，入龙宫 126
黄果树，我同时光握了下手 130

第四辑　故乡何处，原上黄土

吾自故乡来，小记故乡事 136
深夏里，起秋思 141
回不去的中秋，一轮明月，一纸愧疚 145

第五辑　清白流年，寂静欢喜

斜风细雨不须归，今日，你可愿陪我听雨赏花？ 150
像少女，追着夕阳的光 153
剪一寸月光，安放你心上 156
姑苏雪，记一场风月无边 159
那些散落在寻常日子里的小欢喜 162

第六辑　洞见世事，体悟人情

艽野尘梦｜一本旷世奇书，一场汉藏绝恋 166
吻你脸上的阳光 172
有趣的灵魂，富有的肉体，他何以兼具？ 177
她用了 8 年，从工地走入乡野，绽成一朵纤尘不染的莲 184
用余生，赴一场青春的约 189
当你不再惧怕年华老去，便是生命最好的状态 194
垃圾分类，这场关乎你我的生存之战 197

第一辑　鲜衣怒马，不负年华

听，马蹄嗒嗒。是谁，从记忆里打马而来？

应当是侠客吧。行走江湖，豪气纵天，快意恩仇。银鞍照白马，飒沓如流星。十步杀一人，千里不留行。事了拂衣去，深藏身与名。

应当是将军吧。驰骋疆场，血洒襟衣，出生入死。马作的卢飞快，弓如霹雳弦惊。了却君王天下事，赢得生前身后名。

应当是公子吧。名满京师，风度翩翩，器宇轩昂。当时年少春衫薄，骑马倚斜桥，满楼红袖招。

苍茫海上，是谁家少年，身骑白马，踏浪而来

1

听，马蹄嗒嗒。是谁，从记忆里打马而来？

应当是侠客吧。行走江湖，豪气纵天，快意恩仇。银鞍照白马，飒沓如流星。十步杀一人，千里不留行。事了拂衣去，深藏身与名。

应当是将军吧。驰骋疆场，血洒襟衣，出生入死。马作的卢飞快，弓如霹雳弦惊。了却君王天下事，赢得生前身后名。

应当是公子吧。名满京师，风度翩翩，器宇轩昂。当时年少春衫薄，骑马倚斜桥，满楼红袖招。

……

时常想，自己的前世，该是侠客某、将军某，还是公子某呢？有点难选啊。

罢罢罢，都好。反正，如此人生，我都喜欢得紧。

2

大概是前世种下的因。今生，我依旧爱马。

我依旧享受马背上的时光，依旧向往着无边的自由。人在马上，马在草上，天上白云飘荡，地上马蹄声响，我追着风，风缠着我。这个时候，心中是充满豪情的。

又或者，不骑马，只是静静地看着。看它吃草，看它散步，看它打滚，看它用脑袋撒娇似的蹭蹭自己衣袖。这个时候，心中又是充满温情的。

“让我们红尘做伴，活得潇潇洒洒，策马奔腾，共享人世繁华。对酒当歌，唱出心中喜悦，轰轰烈烈，把握青春年华。”

琼瑶阿姨这几句词，写得真是好啊，道出了多少人梦中的渴望。青春，有马，有歌，有酒，更重要的，还有你。多么恣意，多么洒脱！

那么，这次，让我也恣意、洒脱一回。和朋友们一起，策马在海上。

3

海骑地点在南通启东。那日的天气，当真多变。据说，早上短短半小时之内，完成了从雷雨、小雨，到阴的转变，由让人瑟瑟发抖，到微微发汗。我到那里的时候，已近正午。不冷不热，正舒适。

海边的村庄，道路两旁是密密匝匝的芦苇。深绿的苇杆在风中猛烈摇晃着，仿佛在夹道欢迎远道而来的客人们。路窄窄的，却是笔直笔直，一眼看不到尽头，只能远远地望见一个个白色的风车在前方转呀转，不知疲倦。海边，自然是要风力发电的。不管有意还是无意，这一排排风车，与大海一起，构成了一道浪漫的风景线。若是有心上人在侧，牵手随便走一走，都能发酵出幸福的味道。

转到通往海滩的小路，豁然开朗。想起两句诗，正合眼前之景：“野旷天低树”“漠漠水田飞白鹭”。右侧是大片大片的绿，几汪小水潭点缀在草地上。天空低沉，时有白鹭飞过。画面如此开阔，人也跟着舒展起来。

这是牛马栖息的好地方。几头水牛散养其间。有时候，它们站立原地一动不动，这时，往往有白鹭立于牛背；有时候，它们会踱着步子在田间漫步，优哉游哉，这时，白鹭也跟在身边，一晃一晃地向前走；有时候，一头水牛会一颠一颠跑向自己的同伴，它跑起来的样子，滑稽着呢，可比不得马儿的帅气……

好一派田园风光呀，我被这样朴实的美丽打动着，满足着，一如儿时，不开心哭闹的时候，只要姑母带我去看牛，就安静了。亲近自然，是人的天性。

朋友开玩笑道：“你看这牛多幸福，每日优哉游哉，不用干活，还有白鹭为伴。做一头牛挺好。”我笑着应和，是啊。

不过后来想到做一头牛，不能掌控自己的命运，随时可能被送上餐桌，便心有悲戚焉。也罢，为了不任人宰割，苦就苦点吧。每一种人生，都是选择。每一种选择，都有得有失。

4

去看海吧。这便是黄海。

涨潮了。海水一浪一浪涌上来，伴着阵阵涛声。

一侧的天空是阴郁的，充满了张力。海天之间，仿佛有一个巨大的旋涡，拥有着吸纳一切的力量。另一侧的天空露出了淡蓝。海滩平整，薄薄一层海水为镜，天光云影共徘徊。不必去茶卡盐湖，也能赏到天空之境的美妙，当真是旅途的小确幸。笑容满面的姑娘们，在镜头里留下了自己的倩影。风撩动长发，你撩动我心。

退潮了。海浪越躲越远，露出了大片海滩。上马吧。策马长啸，且看我一世疏狂。

沿着海岸奔跑，马蹄声嗒嗒，我是谁的过客，又惊扰了谁的清梦？

也许是一滩鸥鹭吧，看啊，它们一飞而起，盘旋在海上；也许是一只海鱼吧，悄然隐入更深的海里，而我，尚未察觉。

风在耳边呼啸，无边的大海不停地向后退，向后退。马蹄溅起海水，编织出一段动人的旋律。我好像和这天、这海融为一体了，不知身处何地，今夕何夕，只是任意遨游。

奔跑半晌，累了吧。停下来走走吧。这时，便是我和马儿的好时光。天色渐沉，海上苍茫。一人一马，踏浪而归。

5

云舒展在天际，
浪花亲吻马蹄。
我在浅秋的大海里，
不顾一切奔向你，
不远万里，
不问归期。

可不可以，
让我住进你生命里。

余生，

策马狂啸，

天涯相随，

生长，爱你。

初秋，海边，他和她策马奔腾，冲向彼此。

看到这样一幕，心下一动。那么，让我为他们编织美丽的故事吧：

最美不过重逢。再见，他们依旧是一往无前的少年。只是，往后余生，不必再单枪匹马了。他到天涯海角，她便到天涯海角，携手看遍世间繁华；她要朝朝暮暮，他便随她朝朝暮暮，喂马，劈柴，面朝大海，春暖花开。

有你，便是生命的圆满。这样的圆满，我亦期待着。

6

试问马上之友，谁又不是少年？

让我们永远生猛下去，永远热血沸腾，永远热泪盈眶，永远英姿飒爽，永远意气风发。

一轮明月升起，送我们踏上了归程。

再见，启东。再见，大海。

莫干山中隐

1

世事纷杂，欠挚友的旅行，迟迟未能实现。这个夏天，当我们终于可以一拍即合，便背上行囊，于粽叶飘香的时节，完成了这场琐碎生活之外短暂的出离。

关于莫干山，我知道的不多。目的地选在此处，只是因其作为江浙沪的后花园，处于长三角腹地，极具地理位置之便。同时，它作为国内民宿业的发端，几千家风格各异的民宿，可以满足你的不同需求。在人群攘攘，一票难求的小长假，这样一个便利且富有特色的地方，实在是说走就走的好去处。

而它的名称由来，春秋时期，干将莫邪夫妇曾为吴王阖闾铸得宝剑于此，是我出发前翻阅资料方得知的事；它被称作“江南第一山”，跻身一生必去的地方之列，是我抵达以后才知道的事；它曾被不同历史时期的众多名人青睐，别墅成群，地位显赫，亦是我后来才知道的……竹海、别墅、民宿，构成了久负盛名的莫干山名片。

2

都说旅途劳顿。刚出发没多久，我们便在夏日暖晴里沉沉睡去，再次醒来的时候，方觉早已置身一片绿意之中。虽是早有预料的风景，睁眼的一刹那，还是有被惊喜击中的感觉，瞬间睡意全无。

初抵的小站，是莫干山脚下的文化市集庾村。小小的庾村，却有大大的来头，是大多数旅人来到莫干山的第一站。

初见印象，这个藏匿于山野之中的小镇，没有一点未见过世面的瑟缩和土味，倒像是民国时期留洋归来的大家闺秀，有着西方女子的时髦、精致、小资，同时，骨子里依然保留着东方美人的含蓄与古典。事实上也是如此。这里有太多外国人留下的痕迹，比如，现在还开着的诸多“洋家乐”。东西方文化的交融中，长时间的历史积淀下，庾村形成了自己独特的气质，吸引着天南地北的旅人们络绎不绝地前来。

路口，莫干山车站格外引人注目。这座百年前的车站，如今已是展示莫干山交通史的博物馆。车站不大，里面的陈列也很简单，仅有一架竹轿和一些海报，海报上记载着百年前至今，出行莫干山的交通方式变化。

最初，上莫干山，是要租竹轿的。老照片上，轿中人西装革履，头顶洋气的礼帽，一派儒雅风流。可是，有坐轿的人，自然也就有抬轿的人。上山的路，漫长而曲折，竟然都要靠抬轿人一步一个脚印走过来，想来，真是极其辛苦的营生。底层百姓的生活，从来都不容易。

我们常常对百年前那个风云变幻的时代充满了好奇与向往，很大一部分原因，来自印象中这些社会名流的高贵优雅。可是，轿中人从来都是少数的，多的是挣扎在泥沼中不能自拔的苦难群众。兵荒马乱的年代，生命尚且像一蓬枯草，风一吹就散，又何谈幸福的生活呢？

其实，时至今日，依然是多数人的平凡和艰辛撑起了少数人的辉煌。世界永远都是个巨大的游乐场，制定游戏规则的人坐在轿中，而我们，都是抬轿的人。

思绪飘得有些远。罢罢罢，至少随着时代的发展，上莫干山变成了一件轻而易举的事情，此刻能够站在这里，已经很好了，多余的，且不去想它。

3

可惜，那日身体意外地不适，急于前往县城买药，只能匆匆告别这个充满文艺气息的小镇。小镇街道并不宽阔。行驶在梧桐树的荫蔽之下，两旁的民国建筑一座座向后退着，仿佛行走在时光里。

抵达德清县城。这里依旧算不上有多热闹，是座一下子就能让人联想到故乡的小城。也许是因为夏天的到来，整座城市都有了慵倦的味道。日光下老旧的门店，低矮的房屋，街上为数不多的行人，都容易让人生出怀旧的情绪。行走其间，会遇到民国时期留下的老建筑静默在路口，也会遇到传统的江南民居依偎在水畔，连偶尔掠过天空的飞鸟，都是安逸闲适的模样。

4

投宿的客栈在四合村。

莫干山脚下散落着一个个小村庄。四合村是其中一个。比起熙熙攘攘的景区，这些山脚下宁静的小村庄更让人流连，性价比也更高。通往村庄的路途让人舒畅。葱郁的绿可洗眼，可洗肺，亦可洗心。摇下车窗，风追着我，我追着山头的绿，竞相追逐中，欢快的歌谣从心田缓缓流淌而出。

客栈对面有一家小小杂货铺，叫“阿芬的小店”。这是一个极其普通的名字，听来却有种莫名的亲切。后来才明白，大概是潜藏在脑海深处的乡村记忆被唤醒了吧。小店里贩售着各种各样的生活用品，也有我们小时候喜欢的许多零食。友说，买点酒吧，好日子应当有酒。我笑着说好。在老板娘的热情招待下，我们选了小瓶竹叶青。一来，这是家乡的酒，对于家乡，我总归是有所偏爱的；二来，在竹林包裹的莫干山下，饮竹叶青，自是最合适不过了。

暮色四合，在夕阳余晖里对坐。桌上是客栈备好的农家菜和刚刚买来的竹叶青，翠竹在窗外摇曳。一边品尝着鲜美可口的饭菜，一边聊着各自的心境和日常，时间就在不经意间悄悄溜走。对了，如果要说有什么美食不可错过，那一定是鲜笋，是那种会让人念念不忘的鲜。

5

饭后散步，沿着门口的小路一直走。

夜里的小村，更静了。隔很远，才会有一盏路灯微微亮着。繁星漫天，在头顶闪耀，我们欣喜雀跃，终于不再有霓虹掩盖它们的光芒。流水潺潺，带着天然的欢快，风过疏竹，耳边传来沙沙声。田间溪畔，蝉鸣蛙唱，不知疲倦。

一只萤火虫，在前方孤独地飞舞着。或许它也在想念自己的同伴，却不知道它们去了哪里。人类欠萤火虫的，终究还是太多。如今能遇着它，已是万幸。

大自然，总有一种神奇的、治愈的力量，能抚平一切焦躁不安的情绪。我爱这乡间宁静的夏夜。

6

翌日清晨，被窗外哐当哐当的施工声音吵醒。这么多年了，房子一座挨着一座地建，客栈一家连着一家地开，人们对莫干山的开发从来没有停止过。好在，噪声并没有持续很久。很快，沐浴在小院阳光里的温馨早餐赶走了那一点点不悦。简简单单的稀饭咸菜馒头里，藏的是家的味道。

对，友说，这里不是家，却像家。其实我们喜欢极了这样的地方，有家的感觉，却又没有家的束缚。

早些时候，我们背上行囊离开了故乡，于是家就成了最熟悉的远方。时间一天天地流逝，你我年岁渐长，在红尘里经历着自己的经历，也早已有了一套自己的思维和生活方式。有时候，认知和思维的差异，让我们有些惧怕面对家人的关心和指导，比如找一份体面稳定的工作，再如，在合适的年龄结婚生子。尽管我们知道，他们是在用自己认为最正确的方式对你好。

所以，偶尔携挚友来到这样一个陌生却温暖的环境，敞开心扉无话不谈，整个人难得的自在舒张。

7

依旧是闲逛的一天。还是门前的那条小路。这个小村仍然静得不像话，几乎让我忘了当下乃出游高峰的端午小长假。“不敢高声语，恐惊天上人。”想起了这句诗。而此刻的我不敢高声语，是唯恐惊扰了山间住着的精灵。

小溪蜿蜒，穿过整个村庄。溪边有浣洗着衣物的妇人，还有拎着渔网捞鱼的少年。谁家门前的石桥下，又走过一群鸭。溪畔种满了竹，我和友指着萧萧竹林里伸出来的一条小路，幻想着会不会像古时一样，有哪位书生上京赶考路过此地，面容白净，眼神清澈，他身后的背篓里，悄悄住进一只可爱的小狐仙。

溪涧也是蝴蝶的乐园。它们自由地飞呀飞，累了，就落在路边的小雏菊上，轻轻扑动着翅膀。我们亦停下了脚步，凝神屏息，静静地感受着生命的一张一弛。还有在风里转动的彩色小风车，盛开在路边明艳动人的仙人掌花……

8

想起了大乔小乔的一首歌，《农夫渔夫》。歌里唱道：

> 如果有一天我能够拥有一个大果园，
> 我愿放下所有追求做个农夫去种田，
> 每一个早晨我耕耘在绿野田园，
> 每一个黄昏我守望在乡间的麦田。
> 我会把忧虑都融化在夕阳里，
> 让孤独的心等待秋收的欢喜。

这里的生活大抵就是如此吧。

这一路，我和友讨论的话题，都关乎“归隐”，关乎“想要的生活”。

对于城市生活，我们常常会有疲惫感，亦常常动念想要逃离。可是99%的人只是想想而已。真要定居在乡间的时候，各种各样的顾虑扑面而来：

走好远都看不到一家商店，购物怎么办？

没有夜生活，想蹦迪的时候怎么办？

没有好的教育资源，小孩上学怎么办？

工作机会寥寥，又该如何谋生？

……

每念及此，罢罢罢，还是沿着原来的生活轨迹继续走下去吧。就这样，田园成了多数人藏在心里的诗和遥不可及的梦。

说到底，我们还贪恋着世间的繁华。我们难以舍弃外面更加丰富多彩的世界，难以舍弃职业标签所带来的身份认同和社会价值。

有人说，幸福就是得到自己想要的东西。可是这样的话，幸福实在太难了。人性总是贪婪的，想要的东西太多，又哪里有双全法，可以不负如来不负卿呢？我们必须要做出选择，留下对自己来说最重要、最不能舍弃的东西，然后，享受你所选择的、拥有的一切，如此，才能真正获得幸福。

而我相信，自己那个归隐田园的梦，在过尽千帆之后，终将实现。那时，我不再眷恋江湖，亦无惧世俗的眼光，带着一颗丰盛而饱满的灵魂，心安理得地享受自然馈予的这一切，守着一个知心爱人，于时光里，和清简恬淡的生活相拥。

9

走了许久，有些累了，刚好到前方的桥下小憩。这是一处视野开阔、风景秀美的好地方。溪水清澈，螺蛳吸附在光滑顺溜的岩石上，一座古朴的木桥架在不远处。我们坐在小溪中央的石墩上，低头看着哗啦啦流淌的溪水发呆。

半晌，一位父亲带着孩子跨过一个个石墩向我们挪来。他们走得小心翼翼。这孩子大概是折翼的天使，先天的疾病让他甚至达不到同龄人的平均智力水平。但是他会冲我们憨憨地笑。

与这对父子攀谈起来。

大叔笑着说："看你们不开心，是不是失恋啦？"原来，他是看我们一直低头沉默，以为我们不开心，前来劝导的。有些感动。一定是心中有爱的人，才能在自己遭受不幸的时候，依然愿意关注别人的情绪。那天，我们聊了很多，有莫干山的风景，也有人生路上的风景。他们父子始终笑着。

想起了海子的诗。那么，陌生人，我也为你祝福，愿你在尘世获得幸福。

再美的旅途，也会落下帷幕。傍晚时返程，路过老虎潭水库，青山连绵，碧波荡漾。

就要和隐逸暂别了。山中两日，恍若隔世。

烟花三月，纸伞轻旋过扬州

每次说走就走，其实都是蓄谋已久。痴迷于那些美妙诗词的反复歌咏，一直以来，扬州都是心心念念想要去的地方。但是不远不近的距离，往往最难成行。前两日，和晓晓一拍即合，终于，在这烟花三月的光景里，纸伞轻旋过扬州，去寻了冶春的早茶，瘦西湖的烟柳，大明寺的梵音。

初见

初见扬州，天正下着微雨。我撑着油纸伞，立在街头，看着眼前烟雨迷蒙，深深吸一口这浸润着诗词味道的空气。

第一站，双博物馆。

逛各式各样的博物馆一直都是我的喜好，那些或精巧绝伦，或简约朴拙的陈列，一件件，像一把把钥匙，带你打开历史的大门，然后穿越时空的隧道，去探访那遥远却又真实存在过的世界。

所以我的习惯是，去一个陌生的城市，先去博物馆。想要仔细瞧的话，是可以泡上一整天的。经过博物馆的洗礼，对这座城的历史渊源、文化风貌、名人雅士，便有了大致的印象，之后在实地看到的东西，就会按照一条主线穿起来，不会不知所云了。而曾经想象中的画面，真正展现在眼前的时候，也是美妙极了。

晚上的东关街，商业化的原因，外表看来和别的古街巷区别不大，都是各种全国连锁的品牌店。印象比较深、有别于其他地方的，是密度很高的谢馥香、三把刀、水包皮。我想，其实隐在这巷中的名门旧宅，趣闻逸事，才是这条街的灵魂。有机会再一一探访罢。

不如去寻花

人间有味是清欢。来到扬州，早茶总是不能错过的。最喜蟹黄汤包，嘬一口鲜浓的汤汁，皮包水的扬州慢，就在这满口浓香里了。早茶过后，走，去见瘦西湖。

琼花芍药世无伦，
偶不题诗便怨人。
曾向无双亭下醉，
自知不负广陵春。

——欧阳修

眼下春意正浓，烟花三月下扬州，古人说的真是一点都没错。瘦西湖碧波如黛，两岸杨柳依依。柳絮纷飞，百花争艳里，尽显风光旖旎。而我最迷恋的，还是那一树琼花。

琼，美玉也。单是这名字，就美好极了，而又因着隋炀帝，更是想一睹奇花真貌。那日终于寻得，只见八朵洁白如玉的小花众星拱月般围绕在花心周围，微风一起，轻轻摇曳，似在翩翩起舞，仙姿绰约。当时真是欢喜极了，盯着这绝世之珍赏了许久。琼花的花期只有短短 15 天，能遇见她最美的模样，幸甚。一切都刚刚好。就凭这一树琼花，我这次没有白来。

隋炀帝，下扬州，一心看琼花，陆地去行舟。到头来，万里江山一旦休。

比起今之我幸，为了看琼花，不惜倾举国之力开凿运河，最后搭上万里锦绣江山的隋炀帝就有点可悲了，三下扬州，皆失望而归，始终未能一睹芳姿。

当然，说琼花耻于见昏君便独自凋零，只是传奇罢了。对于历史人物的评价，还是要公正客观些的。隋炀帝，是唐高祖李渊对杨广的追谥。古代《谥法》曰：“好内远礼曰炀，去礼远众曰炀，逆天虐民曰炀，好大殆政曰炀，薄情寡义曰炀，离德荒国曰炀。”可见李唐王朝对杨广的贬低。

尽道隋亡为此河，至今千里赖通波。若无水殿龙舟事，共禹论功不较多。

但隋炀帝一生功绩，也是利在千秋。典定科举，营建东都，开凿运河，南巡江都定江南，西巡张掖开丝路……他也是有千古一帝的高远志向的，即位前五年，将隋朝国势推向鼎盛。不过他太急了，在天下初定，应该与民休息的阶段，为了自己的帝王功绩，疯狂透支着帝国的国力，完成一件件大事，还四处挑起战端。一根绷太久的弦，终究是要断的。想要的千古英明没落着，到头来，葬送了这皇皇大隋盛世。

历史告诉我们，不能急功近利，不要拔苗助长，个人也好，国家也罢，要顺应发展的不同阶段，做合适的事。

都说洛阳牡丹，广陵芍药，大朵的芍药果真雍容华贵，天生丽质。芍药又作五月花神，自古就是爱情之花，其花语是依依惜别，真情不变。眼下并非花期，偶遇一株，在庭院里开得如此热烈，也是惊喜。

知道鲁冰花，是那部台湾电影和那首歌："天上的星星会唱歌，地上的娃娃想妈妈。夜夜想起妈妈的话，闪闪的泪光鲁冰花。"化作春泥更护花的特性，不禁让人想起世间最真挚无私的爱——母爱。你好，鲁冰花，来自异域的客人。

祈福大明寺

走进千年古刹，静听梵音，愿能去孽障，结福缘，净心灵。

欧阳修的平山堂，门口有副楹联很有意思：过江诸山，到此堂下；太守之宴，与众宾欢。横批，放开眼界。不禁让人遥想当年文章太守"琴书多暇日，觞咏尽高朋"的风雅场景。

在一方古亭中小憩。彼时刚好夕阳西下，是光线最柔和的时候，透过花窗望出去，有假山叠石，有树木葱翠，很是巧妙。这便是江南园林常见的构园技巧，框景。

前方鹤池。鹤池里没有鹤，仅有两尊雕塑。一旁的土丘上立着鹤冢。问世间情为何物，直教人生死相许。据传，园中两只仙鹤，一只先走，另一只不肯独活，相随而去。星悟和尚感其情，立鹤冢，以示世人。

扬州，只来这一次是不够的。"十年一觉扬州梦，赢得青楼薄幸名"的扬州，"春风十里扬州路，卷上珠帘总不如"的扬州，"四十三年，望中犹记，烽火扬州路"的扬州，还有太多风物趣事等着我们去探索。

那就这么定吧，下一个烟花三月，还来扬州。你呢，要一起吗？

你可曾寻过，梦中的夏、雨、荷？

1

夏、雨、荷。

每当我轻轻念出这三个字，便觉有一缕清凉弥漫在唇舌之间。琼瑶笔下那个柔情似水的女子，撑一把油纸伞，袅袅娜娜，一步一摇，款款而来。她的身后，是烟雨迷蒙的大明湖，和一池娇艳欲滴的粉荷。

如斯美景，想来都叫人如痴如醉。烈日灼灼的季夏三月，也因此变得可期。

如今，我离夏雨荷的大明湖畔有千里之遥。但身在如诗亦如画的江南，此番风情，又岂是难寻？那日得闲，恰逢天有微雨，携三五远道而来的好友，细细去寻赏了这入梦无数次的场景。

2

姑苏赏荷，自是绕不开拙政园。拙政园是中国四大名园之一，江湖地位可见一斑。园子以水见长，而夏日正是莲开时节。因此，我们去的时候，游人如织，近乎塞满了整个庭院。

走在通往园子的古街巷道，左侧是苏州博物馆，右侧是林立的商铺。苏博是贝聿铭大师的封笔之作，以苏式园林设计和对光影的极致运用著称于世，加上博物馆的历史性，自然成为大家来苏旅行的必去之地。每逢周末，长长的队伍都要排到百米开外、围墙的另一侧，那天也不例外。不过同行的几位友人，皆来自加拿大，不懂中文，考虑到导游的难度和时间，姑且先放弃了。

人群熙熙攘攘，随处可见的票贩子口若悬河，热情拉拢着游客，一派热闹景象。这时，一位卖茉莉花、白兰花的阿婆迎了上来，一脸温和，笑容满面。只见她挎着一个古朴的竹编小篮，端着由蓝色印花布衬底的花盘。花盘里是一串串茉莉手串，一朵朵雅致的白兰花。那篮子，那布，那花，那人，尽是水乡风情哪。

“啊有买一串茉莉花，可香呢。”阿婆笑着问道。

“好啊！”我欣然接受。

同行的姑娘，每人一串。迫不及待地戴上，一个个脸上漾开了花。

我亦如此。天空正是细雨绵绵，抬手执伞，不经意的颔首低眉间，一股淡淡的清香肆意地从腕间钻进鼻尖儿，熏得人有了几分醉意。恍然间入梦，回到了旧时江南。

在我看来，这世间一切最名贵的香水，都不及这香。它，就这么伴随了我整日；我的心，也因此欢喜了整日。

3

一步一步踏在青石板上，不知不觉，便来到园子门口。只见清水砖砌墙门高高耸立，正门上方是金色的门额“拙政园”，取西晋潘岳《闲居赋》：“筑室种树，灌园鬻蔬，此亦拙者之为政也。”两侧门上方分别书“淡泊”“疏朗”四个大字。

我并非第一次来这里。但在抬头望见墙门的瞬间，一阵感动依旧从心底喷涌而出。

那些渴望在官场一展抱负，大施身手的文人士大夫们，在经历了宦海沉浮，人情冷暖后，终郁郁不得志，选择了退避。大隐隐于市。而苏州，远离京都，既占据了风景之胜，又人文荟萃，还物产丰饶，自然成为他们安居的首选。于是，一座座精巧绝伦的园林先后诞生。他们在这方寸之间，筑起山水田园；咫尺之内，再造朗朗乾坤；守着这一片净土，实现心中的理想。

如今，世事浮华。有多少人匆匆而来，又匆匆而往，在日复一日的奔波疲累中几乎要迷失了自己？又有多少人，在心底默默向往着陶渊明式的归园田居？

我是之一。我心目中的理想生活，大概是这般模样吧：择一隅僻静之地，盖一间茅草小屋，得一人不离不弃，月下抚琴，花间起舞，卧石观星，檐下听雨，竹林寻幽，虫鸟为伴，琴棋书画诗酒花。

不过，这样的理想，是要遍历凡尘诸事后才能有的淡然超脱；是经过看山是山，看山不是山之后才能抵达的第三重境界：看山还是山。

于我，现在为时尚早。

也无妨。长长的路我们慢慢走。以入世的姿态去耕耘，以清净心过生活，不辜负每一个当下，就好。至少，我们还可以在这微雨的午后，于园中赏一池荷，不是吗？

思索间，我们已穿过园门，进入园内。

4

入园第一眼的感觉，是绿。树是绿的，荷叶是绿的，水和天空，也被染绿了。呼吸一口湿润且清新的空气，顿觉心旷神怡。

经过厅堂轩榭，穿过长长的复廊，我们来到了中部花园。放眼望去，这是一片狭长的纵向景观带。两侧是亭台楼阁，假山叠石，中间以水为主。景观带的尽头，一座佛塔在雨雾中若隐若现，原来是那北寺塔。这塔，本在人民路上，并不在园中，却被匠心独具的造园艺术家“借”来一赏，是谓借景，岂不妙哉！

低头看水。雨温柔地落下，湖面荡起一圈圈涟漪，一层层向外扩去。岸边绿树的倒影，因雨滴的打扰，不再那么明晰，模糊一片，随水面轻轻浮动。如此反倒有了别样的美感，像极了哪位泼墨挥毫的高手留下的一幅写意画。

鱼尾何簁簁。许是园中生活太过幸福，连这鱼，都肥硕得很。它们从容不迫地游动着，所过之处，剪碎了一个个圆圈，一片片树影。仿佛一群调皮的孩子，故意要破坏这景致的圆满，却在无意间，构成了另一番生动的风景。

这几尾鱼自顾自地快乐着，哪须理会岸上人声嘈杂。略微沉吟，想起了庄子的“子非鱼，安知鱼之乐”。我想，吾知鱼之乐。在一方小天地，自在遨游，无拘无束。这般简单，清净，亦是我心所向啊。

5

沿着湖岸向前，抬眼处，水面清圆，一一风荷举。碧绿碧绿的莲叶，肩并着肩。一阵风吹来，轻轻摇摆，霎时间，像电波一般传到了对岸。这荷花啊，有的亭亭玉立，从密密麻麻的莲叶中高高探出头来；也有的羞答答藏在莲叶底下；有的已经盛放，笑迎八方来客；也有的正含苞，不慌不忙，静待花开。

静静观赏这一池莲，不禁觉得，人又何尝不像这荷花。有的少年得志，春风得意，一朝成名天下知；有的大器晚成，稳扎稳打，阅尽世事渐从容。但是，只要努力生长，总归会在属于自己的时节里绽放光彩。不必太执迷于早晚。

再往近处看，只见每片莲叶中央，都躺着那晶莹剔透的水珠。这时，恰逢一只飞鸟经过。许是被此番美景深深吸引，索性不走了，一收翅膀，便落在这玉盘中。莲叶轻轻晃动起来。那水珠似珍珠，开始在玉盘内转呀转，终于，一不小心滑到了水里，和这湖融为一体。

是啊，从哪里来，回到哪里去吧。

6

在园子中信步闲游，总能生出各种各样说不完的感动。

抬头，细柳在天空飘摇；

低头，水草在湖里舒展；

前方，又邂逅一株夹竹桃的花开；

回首，朵朵木槿在对我们微笑；

……

行至拐角处，一株枫树临水而立，隔岸向我们招手。此时，叶儿正青翠。不禁幻想，待到秋风染红霜叶，又该是怎样动人的风景……

落墨画江南。

一帧帧，一幕幕，皆被凝结成时光里的永远。

我想，很久很久以后，自己依然会记得，那年，在这拙政园中寻过的：

夏、雨、荷。

第二辑　流浪泰国，见己见佛

阳光照耀下暴露出来的，是人的本色？还是夜色缱绻里，人们才会卸下面具，撕掉伪装，露出本来面目？

或许，两者都是真的吧。人都有多面性。白天的你和夜晚的你，都是你。当下所看到的、听到的、感受到的，即是这个瞬间的本来面目。

为了告别的旅行，你要勇敢，向前走，别回头

1

出发。为了告别的旅行。

我还是适合一个人。

从去泰国的念头在脑海中闪现，到我独自登上飞往清迈的航班，只用了短短一天。

就这一天，办完离职手续，咨询了驴友路线信息和落地签注意事项，然后以迅雷不及掩耳之势买机票买电话卡换汇，定好第一晚的住宿。做完这些，算是松了一口气。接下来，便带着一腔孤勇独自踏上了异国他乡的旅程。

我总是这样，说走就走。

不会提前很久订机票；不会早早把所有的行程都排好，细到每天坐哪班车，去哪个景点，吃哪个网红餐厅；也不会一开始就对目的地抱太

高的期望。想个大概的路线，有来回的机票，第一天去了有落脚的地方，带着一颗好奇心，就够了。至于其他的，且走且看，随心随性。喜欢一个地方，就多待两天；有些地方来不及去，没关系，留给下次；吃饭凭心情，街边随意找个小馆子钻进去，也懒得查网不网红。如此，总能收获很多惊喜。

2

有人说我疯，有人说我任性，有人说我另类。当然，也有人说我酷，对此表示羡慕。

我疯吗？任性吗？另类吗？

也许吧。随便怎么说，我并不在意。

青春，本不就应该是热烈张扬而又无所畏惧的吗？当个疯子又如何？我就是想活得很酷，就是想放肆，就是想在老了以后回忆当初，觉得自己没有白活。

> 人们聚会的场面越大，就越容易变得枯燥乏味。
>
> 只有当一个人独处的时候，他才可以完全成为自己。
>
> 谁要是不热爱独处，那他也就是不热爱自由。
>
> 因为只有当一个人独处的时候，他才是自由的。
>
> ——叔本华

有的人不理解，问我一个人出去有什么好玩的？

首先，找合适的旅伴并不是一件容易的事，时间、目的地喜好，很难都完美地契合。如果总是要等人一起，那得蹉跎多少时间。

再者，一个人旅行没什么不好的，叔本华给出了答案，只有当一个人独处的时候，他才是自由的。而我，热爱自由。

3

我总是习惯用旅行来开始或结束人生的某一段旅程。我想，这就叫作仪式感。有这样的仪式，我才觉得人生这一段路，是完整的。比如，两年前，我就是在一场旅行之后正式开启了职业生涯；再如，现在，离开这家公司，也要有一场为了告别的旅行。

提到告别，我想留些笔墨给一个人。

他是我在这个公司最重要的朋友，没有之一。

我对他的评价，如果用两个字来概括，那就是：君子。君子，是古人对一个人评价非常高的时候才用的。

第一次见他，理所当然是在办公室。依稀记得，当时他穿着一件浅灰色的外套，脸上带着笑。没有刚好背对着窗射进来的一束光，也算不得帅，但就是给我一种很舒服的感觉，心想，这大概是一个蛮温润的人吧（后来事实证明我猜对了，尽管偶尔脾气会比较急，但只是急，问题解决了就又像什么都没发生过一样，是没什么戾气的）。

“这是你新来的同事，以后你们负责同一个产品。”有人向我介绍道。

从此，我们开启了相当长一段时间的并肩作战生涯。

记得在那之前，自己工作状态很差，时常觉得有心无力，极易陷入深深的自卑和自责中。后来在他的帮助下，才算慢慢走上了正轨。

我对他一直都是怀着感恩的：

在我不知道该怎么办的时候，永远都是他在耐心地解释，告诉我该怎么做；

第一次出差的时候，有些慌张，是他陪我通电话到深夜；

在我犯糊涂惹麻烦的时候，是他一直在兜底；

甚至在我情绪低落，悄悄落泪的时候，也是他苦口婆心，耐心开导；

他也挡住了很多压力，一直努力为我营造一个合理的成长空间。

……

他性子有些高冷。在我看来，其实是外冷内热。他不擅长，也不喜欢说什么好听的话，却是行动派。

比如，有拎东西搬椅子送道具这种体力活的时候，我基本只要看着，他本是没有义务替我做这些的。

再如，这两年我一点都没少蹭他的饭，每次我都想抢着买单，但没成功过，后来就真的放弃了……

他应该是蛮长情的。

前面提到的灰色外套，后来又无数次地看到他穿；

一只不能再普通的塑料水杯，竟然也能用上好几年；

……

总之，于我而言，他是个很好的上司，也是值得信赖的好朋友，正直、温润、真诚。他有着很好听的名字，乍一听以为是个古典美女。不过就不透露了，姑且称他辛大哥吧。

前路漫漫，山长水远，人生即将开始新征程。告诉自己，勇敢点，向前走，别回头。我很好，也祝你一切安好。友谊长存。来日江湖重逢，再把酒话桑麻。

为了告别的旅行，已经拉开序幕。我满怀期待，你们呢？

初见清迈，你是玫瑰少女的娇羞模样啊

1

终于到了。

伴随着越发刺耳的轰鸣声，飞机从高远缥缈的九霄云天冲进了大地的怀抱。客舱开始熙攘起来。各怀目的的旅人们抖落一身疲惫，怀着激动的心情，对即将踏足的城市望眼欲穿着。

我亦是如此。华夏姑苏的远行客，已经清空思绪，做好准备，去迎接旅程中所有不期而遇的美丽，去遇见那些形形色色的人和事，在行走中，参我的人生，悟我的道。

整理好行囊，走出机场。已是夜晚 10 点。这是我第一次踏足这片土地。独自站在温柔的晚风里，轻轻说一声，清迈，你好。

初见印象，不似想象中那般黏稠湿热，倒是有几分清爽。许是前阵子刚刚下过雨的缘故。差点忘了，我来时，正是雨季。

去旅舍的路上，我像个好奇的孩子，瞪大眼睛看着沿途的一切。低低矮矮的房子，朦朦胧胧的树影，写着泰文的各式标牌，不慌不忙的行人……让邓丽君念念不忘的玫瑰小城，果真是惬意又安宁。

旅舍隐在一条小巷中，门牌不甚起眼，很难发现。司机大哥带我兜圈，绕了又绕，一遍一遍地找，倒也不恼。直到我在快要绝望时，瞥见一个小小的门牌号，悬着的心才算落地。下车，接过行李，道谢。大哥还是一脸温和，没有一点埋怨和不耐烦。早有耳闻泰国是微笑的国度，如今，我感受到了来自清迈的第一份善意。

步入大堂，天南海北的驴友三三两两，或在交谈着各自的旅途见闻，或在安排着往后的行程，抑或只是安静做着自己的事情。打声招呼，寒暄几句，陌生却亲切。还是熟悉的感觉。这也是我不喜欢冰冰凉的酒店，每次都住青旅的原因。

夜色渐深，天空又飘起微雨。嘴角带笑入眠。今夜，必是好梦。

2

第二天清晨，在满怀期待中醒来。小巷深深，行人寥寥。甫一出门，和一株开得正盛的凤凰花撞了个满怀。空气中弥漫着新雨后淡淡的青草香气。屋顶还有积水顺着房檐落下，滴答滴，似在奏响乐曲。忽又听闻一阵树叶摇晃的声响，一抬头，原来是只小松鼠在上蹿下跳。

我凝神感受着，有些入迷。这样活泼的自然景象，叫人如何不欢喜。三千年读史，无非功名利禄；九万里悟道，终归诗酒田园。我们在尘世里寻寻觅觅，终归还是要落入自然的怀抱里，才能觅得心的宁静。而通往内心的路，才是最终回家的路。

3

既然来到这里，自然要买些当地服饰，才能更好地融入。于是，我来到瓦洛洛。

瓦洛洛是一个原汁原味的本地市集，是清迈不可错过的好去处。各式商品琳琅满目，几乎要看花了眼；当地小吃一排排，让人只恨自己胃太小；穿行在市场里，商家小贩操着一口并不标准的中文，热情地介绍，杧果干，榴梿干……大象裤挂满一个又一个货架，浓郁的色彩，绚丽的印花，写满了泰国人民的热烈和张扬……

水果、干果、服饰、工艺品、生活用品、化妆品，应有尽有。来到这里的，有旅人，也有当地居民，各自穿梭往来，挑选所需物什，偶尔迎面撞到，就相视一笑，买到喜欢的东西，就心满意足地回家……

从市场出来，已近晌午。街道两侧也是摆满了摊贩，外面的道路上挤满了各式交通工具，人们的交谈声混杂着汽车鸣笛声，甚是热闹。太阳猛烈炙烤着大地，一股股热浪袭来，紧紧包裹着人的皮肤。这下体会到了热带的感觉。

这就是烟火人间啊，这就是生活最常见的样子。在这里，有种天然的踏实感。

4

因和驴友相约去吃水果自助，下午来到了玛雅购物商场。这里和瓦洛洛是截然不同的两个世界。一个现代，一个传统；一个清冷，一个热闹；一个在云端，一个接地气。

商场人不多，稀稀拉拉，偶尔听到一些交谈声，也尽是中文。闲逛其中，兴致索然，总觉着少了些什么。我想，应该是人情味吧。是啊，许是看多了这样的商场，如今更喜欢瓦洛洛那样的地方，有些熙攘，有些特别，有些人情味。

水果自助就在商场旁边，一行人一落座，便迫不及待地大吃起来。榴梿、山竹、杧果、红毛丹，泰国的水果呦，味美价廉，我至今念念不忘。一不小心，发现自己早已深深爱上了榴梿。

5

不慌不忙，行走在这座小城，感受她的一呼一吸，看她人儿良善，看她雨后清丽，看她小巷宁静，看她市场繁华，看她现代时尚……

你会不会，像我一样，也爱上这里？

去看庙，在佛前，沐浴霞光

1

来到微笑佛国，怎能不去看庙？

“南朝四百八十寺，多少楼台烟雨中。”此诗本是形容中国南北朝时期，南朝因帝王提倡佛教，建寺造塔之风盛行，而寺庙林立之况。当时都城建康（今江苏南京）尤甚，一城有 700 余座。可惜历经战乱，百而不能得其一，仅存栖霞寺等少数几座了。

如今，这句诗用在清迈倒正合适。清迈这座兰纳泰王国的古都，有着辉煌灿烂的历史，给后人留下了众多文化古迹。漫步城中，星星点点的寺庙佛塔遍布大街小巷，看着来来往往的行人过客，静静地诉说着她的古老和沧桑。

我不信佛。但是我向佛。在浮生倥偬里，保有一颗出离心，以抵御那些世俗的焦躁和烦恼。何为佛？禅宗四祖道信曰：“快乐无忧，故名为佛。”我并不知道清迈的佛教属于哪宗哪派，但我想，不管什么佛，最终都是为了教人找到内心的安顿、超越的幸福。来清迈这些天，我几乎日日都要去寺庙里走走、看看、坐坐，享受那一份宁静与安定。

2

帕辛寺，是清迈规模最大的寺庙，我去得也最多。第一次，在一个午后。那日清迈时有小雨，漫步帕辛寺，满目葱翠。兰纳建筑精巧绝伦，佛殿金色的墙面配有精美的雕刻。屋顶尖尖，房檐重重，一条条金龙顺着房檐向下延伸，至檐角，龙头再高高翘起。整体造型，富丽又不失活泼，像极了一只展翅欲飞的金凤凰。寺内常常有飞鸟掠过天空，累了，就暂栖在屋檐。

比起殿前被修剪整齐的绿植，我更喜欢四周自然生长的参天古木。行在小径，不经意地，一只蝴蝶落在手上，但是很快，又扑棱着色彩斑斓的翅膀隐入了林间。我又惊又喜，为这刹那的相逢，为这生动的画面。

走着走着，一抹橙红刚好闯入镜头。转角，几位小僧拿着竹编扫帚在清扫落叶。他们在这里生活、修行。这抹橙红，于当地民众而言，极其稀松平常；于远行客而言，却是一道独特的风景线，足以引人驻足流连，同享片刻安宁。

3

面朝主殿，左后方，有一处偏殿。脱鞋，进殿，一种祥和、宁静的气氛瞬间笼罩在周身。那道朱红色的大门，像一道结界，把尘俗的喧嚣繁杂通通挡在了外面。一入此门，任世事如何变迁，再与我无关。

向前，每走一步，都小心翼翼，生怕惊扰了谁的修行。殿内很干净，萦绕着淡淡花香。佛像前大捧大捧的新鲜花束，是每日都要更换的。清迈的寺庙，没有浓烈呛人的烟雾缭绕，信众祈福，只是奉上未点燃的香棒，加一朵莲。这样的环境，让人舒适。

殿内四周是经历岁月洗礼依旧鲜艳的壁画。浓郁的色彩，精美的图案，让人叹为观止。壁画或讲述佛经故事，或描绘当地人民生活的生动场景，可惜我所能看懂的部分不及百分之一，若有高人前来细细讲解，怕是要听上三天三夜也听不完了。

双膝跪地，双手合十，带着一颗虔诚的心。窗外是阴雨绵绵，而我在佛前沐浴霞光。

4

拜罢，盘腿席地而坐，闭眼静思半晌。深呼吸，去骄躁，净心灵。

这时，一位当地居民带着稚子前来，殿里多了几分热闹。那孩童不过两三岁的样子，也在父亲的指导下，像模像样地对着佛像拜了三拜。然后便在里面奔跑、玩耍起来。可爱的样子，让人忍俊不禁。在清迈，寺庙是深深融入当地人民生活里的。佛也似乎没有那么遥不可及，神圣不可侵犯，倒像是和蔼可亲的长辈，为人排忧解难，指点迷津，增长智慧。

就这么静静地坐着，直到傍晚快要关门。

走出偏殿，灯火已然点亮。比起白日里在阳光下的辉煌夺目，金色建筑被映照得越发柔和。碧蓝萧萧的暮色下，整座寺庙更加静谧。如此美轮美奂，好似一个梦境。

夜晚的古城，行人很少，街道两侧有些商家还开着，从亮着的玻璃橱窗望进去，偶尔会撞见一张笑脸。邂逅一片美丽的兰纳灯笼，色彩缤纷，造型别致，悬挂在夜空下。风儿轻吹，与我一路相随，分享着这份宁静的喜悦。

5

第二日，是佛祖诞辰，卫塞节。难得早起，继续看庙，还是帕辛寺。大殿，只见虔诚的信徒们，捧着供给，跪在僧侣面前，为自己和家人祈福。供给五花八门。有两个女孩，中学生模样，盘子里端的是牛奶、方便面、饼干之类。大概都是些自己喜欢的东西吧。是什么不重要。心诚则灵。

僧人用木条扎的扫帚蘸水，一边念经一边洒在信众头上，然后，再为信众系上一条白色的手绳。

我也排在了队伍的末端。仪式完成，看着手上的白绳，心满意足地一笑。这是来自佛的祝福，来自清迈的祝福。希望呀，刚才默默许下的心愿能够实现。

6

大殿旁边隔着栅栏，是一个篮球场。原来这儿有所学校。朝气蓬勃的学子们在球场上挥洒着青春和汗水。一边是清净的寺庙，一边是欢腾的校园，组合在一起竟也如此和谐。

大殿后是金塔。塔四周有金象拱卫。信众双手合十，顺时针绕塔祈福。我也一道，绕塔三周。

塔后有一支架，上面挂满了金色、银色的小铃铛。小铃铛上写着祈福人的名字，一阵风吹来，轻轻晃动，发出叮叮当当的声音，清脆悦耳，好像在佛前轻轻诉说着人们的美好心愿，为庄严的古寺增加了几分灵动。

我也去买一个挂上吧，且把我的足迹留下。

旁边的亭子遇到两位僧人，十分友善，便与他们交谈起来。聊到中国的寺庙，聊到印在泰铢上的泰国国王，聊到各自的日常。他们每周都要上课，学习英文，学习佛法。被问及会不会说中文，他们笑着说不会。虽然清迈到处都能听到中国人的声音，但很少会有人跟他们交流。其实他们性格很开朗，并不似想象中那么不可靠近。

饮食上，他们一般每日两餐，过午不食，可食三净肉。

我想，没有太多世俗的欲望，在寺庙的生活，应当是简单而快乐的吧。双手合十，道别。有缘再见。

7

偶遇一位志愿者朋友。他平日里的工作和冥想有关。见到他，是在寺内一面锣前。当时已近日暮，小雨初停，天色阴沉。游人大多已散去，寺内更是安静。只见他双手交替，轻轻抚过锣面，那锣便开始发出低沉而持续的声音。动作继续，声音越来越大，几乎震彻寰宇。调整节奏，那声音也跟着有了强弱变化，切换自如。

眼见此景，甚异之，遂驻足。

“你也可以过来试试。”见我颇感兴趣，友人笑着说道。

这么好玩的东西，当然要试啊。我欣然上前，也学着他的样子摆弄起来。

双手快速交替着。奇怪的是，片刻过后，依然只能听到手和锣面摩擦的声音，显得刺耳、嘈杂、慌乱，完全没有刚才那种饱满、浑厚和直击人心的穿透力。有些心急。难道是不够快？我加快速度。可是结果更加背道而驰。挣扎半晌，我沮丧地停了下来，无奈地看着友人。他见状，笑了起来。

“你刚才是不是一直想着结果？想着要控制它？”

“好像是的哎。”

“听过‘冥想’吧？试着清空思想，不要管它会发出什么样的声音，结果如何。放慢动作，只关注于和锣面的每一次碰触。来，再试试！”

我略微沉吟，点头，开始按照刚才的方法，只是专注于手的动作，轻抚锣面，一次，一次，又一次。果然，锣声渐渐清晰，越发洪亮起来。我感受到了手和锣之间的力量传递。那浑厚的声音，让我的心，越发沉静……

这一面小小的锣，竟然藏着大大的学问，蕴含着如此神奇的力量。着实令人赞叹。

想起一句古语：“欲速则不达。”人生一世，我们总是有着各种各样的目标。通往目的地的路，无论长短，总会在一步一步中走完。只要方向是正确的，我们要做的，只是把一只脚迈到另一只脚前面，循环往复。不必汲汲于结果，也不必和同路人比快慢，保持自己的节奏，专注于过程本身，一点点前进就好。

在那以后，每每我慌张焦虑之时，就会想起那座古寺里的那面锣，还有那沉沉锣音。

8

佛家讲究缘分，那么，我和帕辛寺的遇见，便是前世修来的缘。也许有一日，我会再次回到这里，明天，或者很久很久以后。

一切，都将会是最好的安排。

去看庙，欲上青天揽白云

1

杜甫诗云，“会当凌绝顶，一览众山小”。王之涣也有一句名句，“欲穷千里目，更上一层楼。”想看得远，要登高。想观全局，也要登高。古往今来，人们只要站在山之巅，自会有一股豪气激荡在胸口，此时泼墨挥毫，赋诗一首，颇有激扬文字，指点江山之意。

我亦喜欢登高望远。到了一座陌生的城，若是有机会跳脱其中，登上制高点，俯瞰全城，看着原先高大的建筑，宽阔的街道变成一个个小格子匍匐在山脚下，对这座城的认识会更加全面，也会感叹人类的渺小和大自然的伟大。

素贴山位于清迈南郊，是泰北著名山峰，也是佛教圣地。山上有座双龙寺，几乎是来清迈的旅人们的必去之地。

于是，在一个午后，我也和偶遇的三两驴友相约，上山一观。

2

我们选择搭乘双条车上山。

双条车是我喜欢的交通工具。车厢是敞开的，可以任由异域的风在耳边呼啸，任由沿途的无边光景毫无阻拦地，跃入你眼眸。

彼时的天气，一片晴好。淡淡的白不均匀地涂抹在湛蓝湛蓝的天空。车子沿着弯弯曲曲的盘山公路盘旋而上，路两旁时不时有明艳动人的凤凰花和你捉迷藏。也有酷炫的追风少年们，头戴头盔，身跨机车，疾驰在同样的柏油马路上。震耳欲聋的轰鸣声，是掩不住的年少轻狂。我心里哼着欢快的曲调，和天南地北的驴友肆意闲聊，消磨这好时光。

3

未几，车子到达了目的地。下车，便看到了身着泰国民族服饰的少女们和身披橙红色袈裟的僧侣们。这般特有的风景，正是我旅途中想要的探寻。

沿着台阶拾级而上，两条威武的金龙巍然矗立在眼前。龙首高高昂起，气势雄伟。龙身顺着石阶向上蜿蜒，在阳光的照耀下，闪烁着金光。这便是双龙寺的标志了。来到此地，不禁被一种强大的气场所震慑。

走在石阶上，两侧的土坡种满了各种植物，一片郁郁葱葱的绿。其中还有香蕉等水果呢。果然是盛产水果的国度。

有一种花吸引了我的视线。只见它们一朵朵从枝丫上垂下来。像喇叭，藏着许多心事要说与诸位看官听；像风铃，仿佛一阵风吹来，就会叮当作响。花的颜色，是纯洁的白。阳光落下，林间泛着点点星光，那是一个梦幻的世界。

对了，它的名字，叫曼陀罗。光听这名字，便感受到了一股禅意。

佛教视曼陀罗为祥瑞之花，是天上开的花。据说，见此花者，恶自去除。那么，就让曼陀罗的无瑕，洗净我一身尘埃。往后余生，都满怀善意，以柔软心过生活。

4

走到石阶尽头，来到山顶，先随意走走。

一株饱经沧桑的老树映入眼帘，上面结满了黄灿灿的波罗蜜，看着实在喜人。脚边发现一朵鸡蛋花，许是被风雨打落的吧。五片花瓣，是黄到白的渐变，依然完好着，在夏日的阳光下格外明艳。若是拾了戴在耳边，定是一幅生动的泰国风情图。寺墙外围，一株玫粉色的三角梅开得正热烈，和金色的建筑交相辉映，庄严，又有生机。

再往前，是一个观景平台。一到此处，豁然开朗。放眼，是看不尽的蓝。像拳头一般密实的白云，摆着不同的造型排队飘荡到你面前。它们浮在半空中，好像离你很近很近，近到伸手便可以抓住。于是，你忍不住踮起了脚。

俯瞰，是整座城。所有的好风光，一览无余。阳光明媚，照得人暖洋洋。你眯起了眼，等一阵清风拂过面颊。

光影交错。恍惚中，你做了一个长长的梦。梦里，兰纳灯笼轻轻晃荡着，树叶和三角梅在低语，空灵的梵音从远处传来。你是一只翩翩起舞的蝶，时而落在灯笼上，时而落在树梢，时而落在僧人的肩上。

5

从观景台下来，进庙。一瞬间，被金光闪闪的舍利塔和伞盖晃了眼睛。富丽堂皇，说的就是这样的场景吧。大概是这里的信众太过虔诚，想要用最好的东西来供奉佛祖，于是，塔身都被贴上了金箔。

这舍利塔内供奉着的，是佛祖释迦牟尼的遗骨。相传，藏放佛骨的舍利塔塔址是运载佛骨的白象选定的。白象行到此处便止步不前，被认为是佛祖旨意，于是人们建塔于此，安置佛骨。

信众手执莲花，纷纷绕塔，口中念念有词。我亦加入其中，许下了美好的祝愿。

选一个最具标志性的角度，按下快门。拜上三拜，转身，下山。

6

下山后已近薄暮。在清迈大学后门附近逛逛吧。

去打卡了很网红的大叔燕窝。因这燕窝，同行的小伙伴还争执了一番。有人说，这么便宜的燕窝，肯定是假的，不要去吃。其实呢，真真假假也不必太过纠结，开心最重要，反正我很喜欢。

日头渐渐落下山。白云被镶上了金边。路过一条小河，不经意回头，被眼前的美景深深惊艳。天边夕照水边霞。橘红色的天空，橘红色的水面，这时，整个天地都是温柔的。那么，就让我醉在这一片温柔之中吧。

那日，素贴山很美，天很蓝，云很白，阳光很暖，晚霞很温柔。就让我把这山、这天、这云、这阳光、这晚霞一一整理，储存在记忆中吧，好在往后的漫长岁月里，可以慢慢回味。

城墙根下

1

清晨睡到自然醒，出发，去古城闲逛。

路过一座小桥。站在桥上，看护城河天光云影共徘徊。跨过去，就离古城很近了。

始建于 1296 年，有着 700 多年历史的清迈古城，是一座方方正正的城池。古城不大，长 2 千米，宽 1.8 千米，步行就可以走完。闲适、文艺是清迈的气质，因此这里也只适合步行。慢慢逛，慢慢看，才能发现每一处细微的风景。

和中国大多数古老的城池一样，城墙和护城河是标配。清迈有内外两道城墙，两条护城河。内城墙由红砖所砌，外城墙为夯土墙。外墙遗迹鲜为人知，即使是与它擦肩，也极有可能不会意识到那个土堆曾经意味着什么。内墙原有 6 座城门，其中一座已然消失。在漫长的历史更迭中，城墙和城门一次次毁于战火，又一次次获得重生，时至今日，只余五座城门和四个边角中尚残存着古城的气息。

不得不说，过去的统治者们在王朝强盛时兴建的防御工事，在时间的考验下九死一生。而护城河静静流淌，从不止息，一如当年模样。从来都没有什么千秋万代的宏图霸业，天地山河，才是真正的永恒。

2

塔佩门是古城东门，占据着重要的地理位置。在清迈的这些天，几乎日日都要来打卡。

红砖墙有蓝天白云作衬，沧桑却不沉重。广场上和平鸽飞起，为人们带来吉祥与安宁。买一包玉米粒，20 泰铢，就可以和鸽子亲密接触。同时，堪称职业摄影师的“泰国”小哥还会附送大片服务，抓拍绝对快、狠、准，出片率极高。

到一旁的菩提树下小憩，遇着同样坐在树下休息的泰国阿姨莫爱。阿姨是当地旅游局的工作人员，平日里就在各景点附近办公。她操着一口流利的中文，交流起来毫无障碍。“中国人对泰国旅游业的贡献太大了，所以很受欢迎。中文业已被泰国中学列为必修课。”她如是说。

聊起宗教，问她是不是也信佛，结果出乎我的意料。

“曾经信佛，现在已经改信基督了。”

看着我诧异的眼神，她淡淡一笑，接着说道：“其实不必纠结于信佛还是信上帝，佛教也好，基督教也罢，又或者伊斯兰教，都是教人向善的。”

以前常常会想，信仰到底是什么？后来渐渐明了了一些。所谓信仰，其实是人类进行自我约束的一个坚定理由。佛祖不在西天，在心中。佛像，让佛的形象变得公开化、具体化，而寺庙的存在，凝聚着信徒的共识。我们去拜佛、求佛，归根结底是在心中种下一个信念。这个信念，会在日常的生活中指导人的行动。心愿的达成，往往是信念指导下的积极行动起了作用。上帝与真主安拉也是一样，只在心中。

人活着，总要信仰些什么。至于寄托信仰的对象是谁，并不那么重要。学会善良，学会从中汲取向上的力量，从而获得内心的安定与幸福，才是信仰的真谛。

“拍张合影吧。”

“三二一……”

一张珍贵的照片，从此被收藏在记忆中。

3

不多时，一位大叔骑着老式自行车出现在我们面前。阿姨热情地介绍：“这是我朋友。”

大叔身材清瘦，着青色 POLO 衫、西装裤、皮鞋，配公文包。一身装扮本是商务范，却因框架眼镜下那双含笑的眼睛让人感觉分外亲切。他拿出一大袋面包屑，邀请我和驴友一起喂鸽子。

初时，总是把面包屑扔地上，每次都能引来一大群鸽子争食。在自己身边撒一圈，就有一圈鸽子围在周身。后来，在大叔的指导下把面包屑放手心，摊开手掌，便有反应敏捷的鸽子嗖一下飞上来，先占据有利位置，再慢慢享用美食。塔佩门的鸽子，可是一点都不怕生，倒是有些游客被热情扑身上的鸽子吓到了。

“给，还有，面包多着呢……”看我玩得开心，大叔便源源不断地送上小家伙们的口粮。他的热情直到今天想起来都会觉得暖意融融。

“看，它们都会跟我走哦。”大叔一边往前，一边撒面包屑，于是他的身后真的排起了长长的队伍。他回头，脸上露出了孩子一般的笑容。

他说，每日完成工作后，自己都会去旁边的护城河喂鱼，然后来这里喂鸽子。和这些可爱的生命在一起，从来不会觉得无聊。

那一瞬间，格外羡慕大叔。在这样一座美丽的小城，过简简单单的生活，他的精神世界富足而安定，多好。

古城里的故事还在等着我们继续探寻。依依不舍中，和城墙根下相逢的一切说了再见。

之后再次路过塔佩门的时候，又遇见阿姨和拍照的小哥，他们认出了我，自然地打了声招呼，我亦自然地予以回应。大家相视一笑，如同老朋友见面一般。

从此，我也是在清迈城有朋友的人了。

来啊，在清迈虚度好时光

1

泰国的“马杀鸡”闻名遐迩。在清迈，泰式按摩店众多，玩一天累了，去享受一把，轻松惬意。

Lisa 女子监狱按摩因为服务人员群体的特殊性，备受关注，知名度最高，生意火爆。早上特意去现场预约，想要感受一下这家特别的按摩店。

穿过清幽的小庭院，有狱警在前台售票。店内的按摩师都是正在服刑的女子。她们白日被带到这里工作，傍晚换上刑服回监狱。

按摩室光线幽暗，一片沉静。这些女囚早就受过专业培训，工作起来和别处的按摩师没什么不同，为数不多的几句对话中，亦表现得温温柔柔，实在很难想象出她们曾经犯过什么罪而被下狱。

囚犯每日公开和人接触，着实少见。据说这种做法是为了帮助服刑人员培养一技之长，以防刑满释放之时因为没有工作、遭人歧视而再入迷途。女子监狱按摩的创始人，可谓兼具商业头脑和人文关怀精神。

2

关于宁曼路的记忆，是彩色的。傍晚时分，漫步街头，一座座清新别致、色彩鲜艳的小房子映入眼帘。寻一家甜品店，点一份冰激凌，在院中坐定。不知哪棵树木的藤蔓已经悄悄攀上了屋顶。屋檐边上，一串串小花低垂。一阵风吹来，几片花瓣落在手边。庭院花木森森，灯火点点。两棵老树中间系着秋千。少女情怀，就在渐深的夜色里一点点发酵着。

3

夜再深些，决定去周末夜市逛逛。周末夜市与宁曼路不同，拥挤、接地气得多。忆起小时候，最爱赶集。赶集的日子，是街上最热闹的时候，若是能向父母讨来零花钱买些零食，便是最大的满足。后来，城市里商铺林立，不再需要赶集了。再后来，有了淘宝，街都可以不用逛了。但是偶尔想起曾经，还是会怀念那些红红火火的岁月。

清迈的夜市，比童年记忆中的还要盛大许多。以古城塔佩门为起点，一路向西，皆是夜市区域。美食、服饰、手工艺品等等，物美价廉，淘到你心花怒放。“马杀鸡”摊位直接一排座椅，坐下就可以按摩，价格公道亲民。路边招呼揽客的“马杀鸡”摊主，亦是一道独特的风景线。除了摊贩，一个个民间艺人或演出团体也是夜市不可或缺的一部分。演奏着民族曲目的老年乐队，身着传统服饰跳舞的小女孩和大男孩，弹吉他的少年，沉浸在欢乐中，亦为路人带来欢乐。一圈逛下来，你总能带着愉悦的心情满载而归。

在清迈，日日看庙，夜夜逛夜市。除却周末夜市，周六在清迈门附近有周六夜市，日常有长康路夜市、草垛夜市。人们喝酒，逛吃，唱歌，跳舞，尽情狂欢。在这里，每天都可以像过节般热闹。

放下羞涩与束缚吧，融入当地生活。记得，人生苦短，要开心。

人象无争应有日

1

提起泰国，和大象总是密不可分的。那个威风凛凛、四肢如柱、大耳如扇、鼻子长长的形象，早已成为泰国的国家象征。

它们渗透在百姓日常的生活中，几乎随处可见：夜市摊T恤上的印花，工艺品上刻制的图案，大大小小的寺庙门前、屋顶上的石雕，佛塔四周的金塑身，佛殿内的壁画……

然而身处“白象王国”的你我，大都渴望能真实地接触这些可爱的生命。于是，大象营向来都是泰国旅游的热门打卡点。

2

可正当我满怀向往、跃跃欲试之时，被一位驴友泼了冷水。

“不能骑大象！”他义正词严。

彼时，我方才得知，曾经有一部叫作黑象的纪录片，揭露了泰国大象旅游产业的黑幕：象夫会以极其残忍血腥的方式虐待大象，彻底摧毁其意志，从而达到让大象听从驱使为游客服务的目的。

心下一惊。但，行程已经预定。

其实，我并没有多么想要骑大象，也不想看表演，只是喜欢和一些动物亲近，喜欢探索不同生命的别样世界。我想和它们做朋友。

在纠结、挣扎和满满的愧疚中，还是坐上了去往大象营的巴士。山路曲折蜿蜒，就像我复杂的心情。

初到营地，四下景物简单而原始。几座木质小楼，可用来上客。芭蕉和其他林木随意地生长在周围。几只大象拖着不长的铁链站在那里待命，眼睛小小的，你无法看清其中藏着的悲喜。在工作人员的安排下，人们很快就被送上了象鞍。象鞍是一把笨重的铁椅，被绑在象背上，搭载一到两人。

路线是营地提前规划好的。穿过的小树林不算茂密，稀稀疏疏有一些矮树，在阳光的炙烤下，叶子耷拉着脑袋，显得无精打采。大象深一脚浅一脚地踩在高低不平的土地上。不得不说，坐在象鞍上其实并不舒适，有点颠簸。

象夫手持尖尖的铁锤，时不时发出口令来指挥大象的行动。想起了骑马时的场景。铁锤在发号施令过程中的作用，应该类似于马鞭加缰绳。骑士手持马鞭不是真的想打马儿，主要是为了提醒它什么时候该加速，缰绳的本质是人马沟通的中介。只是铁锤太过锋利，看着实在让人暗自揪心。

前方，混浊的河水，岸边的绿树，水中的象，有了几分原始丛林的味道。蹚过去，便要掉头折返了。

骑乘结束，是表演时间。大象小象的表演很精彩。可是想到它们为了这些表演所遭受的苦难，有点笑不出来。

很快，到最后一项活动了：给小象洗澡、喂食。那是我在大象营最美妙的时光，也是小象一天中最幸福的时光。它们终于不用再违背自己的意愿，做着不喜欢的动作来取悦观众，而是成为被服务对象，卧在小河中享受夏日的清凉和人们的关爱。

一边用小桶为小象冲水，一边感受着它们的庞大与温柔，任谁都会心生柔软。此时，你还可以裸鞍爬上象背，趴着不动。宽阔的背让你有足够的安全感。而作为给它洗澡的“回报”，小象会伸出长鼻子吸到足够的水，猝不及防地喷出来，也替你洗个澡。人和小象共浴“爱河”，笑声回荡长空。

喂食过程亦欢乐多多。你只需要把食物轻轻放进小象鼻孔，它们就会马上把接到的食物精准无比地塞进自己的嘴巴，吃完再巴巴地把鼻子伸向你。憨态可掬的模样，让人忍俊不禁。

3

告别可爱的大象小象，带着一身湿踏上回市区的路。

抵制大象营，阻断人和象的全部接触，是这个产业最好的出路吗？

答案显然不是。

大象和泰国的缘分，已有4000多年了。历史上，它们一度在战争和劳作中发挥着巨大的作用，就像马之于中国。毫不夸张地说，泰国许多家庭以象为生。在长期的相处与合作过程中，看象人累积了大量有关传统大象管理的知识，摸索出了一套人象和谐共生、互利共赢的经验和方法，同大象建立起了亲密关系。象是人类忠实的朋友，甚至能在主人不在家的时候替主人看护小孩。

然而，随着时代的发展变化，现代战争早已不再需要大象。森林伐木这项活动，也在20世纪被泰国政府全面禁止。于是，圈养大象所有者失去了收入来源，开始进入旅游娱乐行业。骑象、表演服务日趋商业化。为了吸引游客，年青一代的看象人不惜以残忍的方式训练大象，让其做出违背本能和自然规律的动作。

起初，大部分游客都不知道这欢乐背后的故事。随着一些纪录片的问世，越来越多的人意识到了此类活动曾给大象带来的伤害。

让人心痛的是，这样的伤害和残忍带来的，是同样残忍的疯狂报复：忍无可忍的受虐象，如同亡命之徒般，用尽所有力气，把矛头不顾一切地对准了人类。有人被无情踩踏，有人身体被象牙刺穿。大象伤人事件频发。人象冲突愈演愈烈。

好在，近年来，泰国一直在积极寻求问题的解决方案。一些真正关心大象处境的人，为大象建立了庇护所。

如今，泰国有许多大象保护营，营中没有骑象和表演服务，更不会有残忍的训象行为。在这里，你可以作为一个旁观者，在野生环境下远远地欣赏大象的魅力，观察他们最自然、最本真的样子；也可以作为一个服务者，只是为它们洗澡、喂食、唱歌，给予最温情的陪伴；又或者，在它们开心的时候，尝试无鞍骑象，和它们一起玩耍（150公斤内的无鞍骑象并不会给大象带来伤害，伤害大象的是又重又硬的铁架以及超负荷长时间工作）……

可惜，我是后来才知道这些的。

其实，人们不见得多么想骑大象，更多是出于对大象的喜爱，希望能和它们有亲密接触的机会。而把圈养的大象放回野外也不现实：除了要照顾大象产业那么多人的生计，也不得不考虑，圈养的大象早就失去了野外生存能力，无法在残酷的自然竞争中存活下来。

那么，取缔所有训练营，以保护营代之，是最好的选择。人类和大象，应当重新建立起平等友好的关系。在这种健康的亲密关系中，人象都能获得更多的快乐：大象无拘无束、自由自在地生活着，人类亲近自然的小小心愿也能得到满足。

除了被圈养的大象，野象的问题同样迫在眉睫。因为栖息地的减少，野象的生存空间不断被压缩，数量大不如前，濒临灭绝。即使是仅存的少数野象，依然需要为了饱腹，站在人类的对立面，从庄稼地里夺食。退耕还林，保护生态，需要更多人的关注和身体力行。

我们都在期待，一个充满爱意，人象无争的美丽世界。

清莱白庙，天堂是不是这样

1

说起清莱，可能知道的人不多。但若是换作金三角，怕是无人不知、无人不晓了。清莱府，泰国最北的府城，与老挝、缅甸为邻，是曾经世界毒品贸易中心金三角的一部分。除此之外，清莱近些年来颇受游人青睐，还因名动天下的黑白蓝庙。这些匠心独运的艺术珍品，无一不令慕名而来的朝圣者们叹为观止。

如今，清迈作为整个泰北的中心，是仅次于曼谷的泰国第二大城市，声名之隆远甚于清莱。游人为了便利，也大都从清迈出发，参加清莱一日游的行程。因此，很多人对清迈和清莱傻傻分不清，将二者混为一谈，甚至以为，黑白庙是清迈的。

其实，清迈是清迈，清莱是清莱。它们相距约 190 千米，分别是泰北两个相邻兄弟府城的首府，相当于中国的两个省会。而这两个城市，历史上素有渊源。它们皆由兰纳王朝的开创者孟莱王所建。清迈是孟莱王统一泰北，建立兰纳王朝后的第一座都城，始建于1296年。而在此之前，孟莱王的恩央小国都城在清莱。清莱建城于1262年，比清迈早了34年。

今日，我们要探访的便是清莱府，这个拥有着灿烂的古都文明，神秘的金三角故事，以及夺目现代艺术建筑的地方。

2

早早从清迈出发，历经山路十八弯，向清莱靠近。中途有休息点可以温泉泡脚或买些吃的果腹，因此不会觉得累。邻座的男孩子是加拿大华裔，尚在读书。同他们一家聊天，才知道他即将到上海作为交换生留学。他希望我能教他些中文。于是，一路上交流些旅途见闻，时间倒也过得很快。几个月后，他和同学们来苏州旅行，如当初所约，由我做向导。旅途中的朋友能见到第二次，是少有的缘分。世界真大，世界也好小。

清莱第一站，白庙，本名灵光寺。如果你不知道天堂是什么样子，那一定要来这里看看。远远地望见它时，就被这个纯白如雪的世界所震撼。它干净得让人有些不忍踏足，生怕自己带去了凡俗的尘埃。庙宇前，一汪浅水清澈见底。承蒙佛祖庇佑，几尾鱼生得肥硕，扭动着滚圆的身躯在水中悠然游走。庙堂的身后，天幕低垂，铺满了硕大的云。这个落在云水云天之间的圣洁殿堂，沉默不语，闪烁着耀眼的光。它在等，来自全世界的灵魂。

欲达天堂，先过奈何桥。桥头两尊守护神怒目圆睁，手持兵器，审视着每一个来人。据说，唯有高贵善良者方能通过此桥，抵达彼岸的天堂。而那些妖邪罪恶的灵魂，将被打入地狱，永远镇压在奈何桥底。

无数只骷髅在光天化日之下露出狰狞而绝望的面孔。无数只手从地狱伸出，拼命挥动。他们呼喊，他们哀求，他们苦苦挣扎妄图寻求解脱。可是，没有人愿意，也没有人能够拯救他们。他们的结局，在当初行恶之时就已写好。炼狱的折磨，是种下恶因之后，必须要自己承担的果。一点妖冶的血红指甲，代表了沦堕的唯一女子，在惨白中格外醒目。然而这份特别不会为她带来任何怜悯。她要付出的代价，和他们都一样。

抬首俯首间，一眼天堂，一眼地狱，历经一场轮回。伟大的佛教艺术家 Charlermchai Kositpipa 用他几乎毕生的心血和积蓄，从 1998 年开始，已打造这座稀世珍宝 21 年之久，至今尚未完工。这座堪称完美的圣殿警醒世人，要一心向善，多多积德，方能往生极乐，免遭地狱之苦。佛的精髓和教义，在艺术家的妙手之下，展现得淋漓尽致。

3

跨过奈何桥，向天堂一步步靠近。它的真容越发清晰。白庙闪着亮光的秘密，就藏在白色涂料打底、玻璃碎片镶边的装饰里。屋檐上，那迦把头颅高高昂起。墙面上，水火云纹等图案繁复精密。

赤脚迈入圣殿。心中肃穆之情升起。殿不算大，正面供奉着一尊佛像。佛像是坐是立，我已记不清。只是记得他慈眉善目，含笑看着跪在眼前的两名信众。游人众多，沿着单行线安静地往前。佛和信众的交流，不会被外界所干扰，这便是虔诚和专注的力量。

出殿，能看到供休憩的小花园和正在施工的脚手架。今天的灵光寺，已是美轮美奂。难以想象，几十年后完工，又该是怎样地惊艳世人。他日有机会，定要故地重游。

白庙为人们所津津乐道的，还有一处，就是它金光闪闪的卫生间。这座据传“全球出镜率最高的卫生间”，建筑风格、装饰均与主殿相似，颜色却是散发着富贵气的金，和正殿的白形成了鲜明对比。艺术家如此设计的用意，我们不得而知。或许是为了调和色彩，担心清一色的白会让人审美疲劳。又或许是照着泰国寺庙的传统，总要有一处金，来体现对佛的虔诚和敬意。总之，它就这么金灿灿地矗立在你面前，让你的这趟“洗手间之旅”毕生难忘。

漫步庙中，处处都能感受到艺术家奇特大胆的设计。树木的叶间、枝干上悬着诸多面目狰狞、表情怪异的石雕头像，不小心撞见，极易被吓到，但定心一看，也不过如此。世间自有妖魔鬼怪，可若身正心正，它们便不能奈你何。

不知我的想法是不是白庙设计师想要表达的初衷，但，这已不再重要。Charlermchai Kositpipa大师曾说：“在神秘的寺庙中，请不要勉强去获寻解释。请用心去感受其中的作品。”你此刻感知到什么，收获到的便是什么。不论信不信佛，懂不懂艺术，每个人在身处其中的时候，都会有自己的体悟，至于能悟到多少，全凭悟性。也许多年后再次到访，随着见识和阅历的增长，你会有新的收获。温故而知新，在好的艺术作品中同样适用。

好好看看这天堂吧，也看看这地狱。轮回一场，人间重遇。

来到黑屋，请你不要害怕

1

黑庙不是庙，是博物馆。当地人叫它黑屋。

在这个离白庙不到 30 千米的地方，藏着一个个柚木制的黑色小木屋，里面展览了以死亡和地狱为主题的诸多神秘藏品：各时期的兽骨、兽皮、猎杀工具、祭祀用品等。

黑屋的主人是泰国另一位知名现代艺术家 Thawan Duchanee。这座耗时 36 年，倾尽其毕生心血而成的私人博物馆，常常被人们拿来和之后诞生的白庙一起讨论。黑与白，生与死，天堂与地狱，似乎本就应该成对出现的。黑庙和白庙，不管是机缘巧合下的同时存在，还是艺术家灵感碰撞后的智慧结晶，在人们心中早已融作一体，共同组成了清莱的代表。它们互相成就，缺一不可。

2

黑庙的主屋高大，光线暗沉。但从窗边望出去，映入眼帘的新绿极大地缓解了这份压抑感，让人寻觅到一丝生机。刚进门的位置，几个孩子组成的乐队驻扎在雕刻有奇特图案的立柱前。他们身着泰国传统民族服饰，盘坐于印有复古花纹的红地毯上，拨弄着民族乐器，循环往复地演奏着庄重而低缓的乐曲。乐音绕梁，回荡在空旷幽深的主屋内，氛围被凸显得越发神秘。

若干小木屋散落在葱郁的林木间。漫步其中，仿佛误入了远古的原始部落。黑是所有建筑的底色，但每一座造型都大不相同。

驻足，透过打开的门窗窥探前方那座小房子的秘密。鳄鱼皮逐张铺展在地面上，被摆放得整整齐齐。它们就像还活着一般，匍匐在原地，盯着往来的游客，欲伺机而动。即使已经死去，顶级捕猎者的余威尚存，依旧令人心生畏惧。

另一座木屋，前后通透。站在一端，能看到黑暗尽处被绿叶掩映的那一头。室内整体的陈设，像极了牛魔王的餐厅。一条原木长桌贯穿全屋，以兽皮作桌布。两排座椅分立两侧。白色的兽皮当坐垫，尽显野性和贵气。主人对于牛角，似乎有种近乎执迷的偏爱。座椅靠背上，黝黑的牛角高高竖起。椅腿亦是倒置的牛角。房梁上装饰着牛角，桌上摆放着牛角，放眼望去，牛角无处不在。它们颜色不同，样式不一，错落有致地充实着这方空间。

除了牛角，桌上还有许多动物遗骸展示，由于被拦在警戒线外，只可远观，故而无法看得真切。

听说，之前所有的木屋都是完全开放的。艺术家费尽千辛万苦收藏的珍贵展品经过二次创作，不设任何阻拦地呈现在游客面前。人人都可近距离观赏、接触它们。奈何个别人不懂得珍惜，竟然出现破坏、盗取文物的情况。黑屋的主人本想毫无保留地与世人分享这些珍品，最后不得已，只能像其他景区一样把文物隔离保护起来。

看来，做一个文明旅人，这样的教育，时至今日依然十分必要。

3

黑庙也不尽然全部都是死亡元素。草地上，一头体格壮硕的牛无拘无束地啃着青草，神情安详。阳光透过树林的缝隙洒下一地斑驳。橙色的凤凰花悄悄爬上了暗调的屋檐。

空气中一片静谧。该发生的一切，都在有序地发生着。这里是地狱，也能看到天堂。

其实，没有绝对的天堂，也没有绝对的地狱。所有死亡的痕迹，都是曾经生的证明。建造这样一座博物馆，恰恰是对生命的铭记。

来到黑屋，请你不要害怕。

湄公河上，揭秘金三角

1

看到写着“黄金三角”四个字的标牌时，有种神奇而复杂的情绪产生。这座原木质的标牌，蓝底黄字，花环叶绕，立在一棵大树脚下，明媚可爱得让人很难把这里和罪恶肮脏的毒品交易联系在一起。

揉揉眼睛，没看错，这里就是金三角，那个人人闻之变色的可怕地带。

2

清朝末年，英国率先完成了第一次工业革命，迅速崛起，到处抢占殖民地，号称“日不落帝国”。古老的中国也成为被觊觎的对象。

他们发现了鸦片。这种东西，不仅能够扭转一直以来的贸易逆差，还能深深地荼毒中国人民的身心健康，使其成为任人宰割的东亚病夫。于是，18世纪开始，大批大批的鸦片，通过东印度公司源源不断地流入当时没落的中国。

不够。还不够。鸦片需求量渐增。之前走私中国的鸦片大都产自印度。英人迫切地希望开发新的产地。他们把目光瞄准了金三角：这里土地肥沃，水源充足，有着适宜罂粟生长的自然环境和气候；这里靠近中国，对中输出鸦片有着十分便利的条件。

1824年，英人发动第一次英缅战争，并将第一批罂粟的种子撒在了缅东北的掸邦。及至1886年第三次英缅战争结束，缅甸全境彻底沦陷，拉开了金三角大规模种植罂粟的序幕。

英人用野蛮炮火打破了这片世外之地的宁静。几乎与世隔绝，不知鸦片为何物的山地原住民，在武力威胁之下，被迫学习种植罂粟、提炼鸦片的技巧，在不自知中，沦为刽子手杀人于无形的那把刀。自此，沃野千里的金三角，开满了妖艳魅惑的罂粟花，再难觅普通庄稼。金三角的毒品贸易变得一发不可收拾。

同时，在英缅战争期间，因为鸦片，中英亦爆发过两次战争，就是中国近代史上赫赫有名的鸦片战争。结果每个中国人都知道的，我们战败了。战败给鸦片带来的影响就是，1858年中国签订《中英通商章程善后条约》，从此鸦片以“洋药”名义合法进口，在中国行销近60年。

法国见英人贩卖鸦片有利可图，自然不甘落后。19世纪末，他们也加入了贩卖大军，将鸦片从金三角大量运进自己的殖民地。

“二战”后，法国撤出金三角，又到了美国的主场。世界第一超级大国，做起贩毒的买卖来，乐此不疲。这些所谓的文明者你方唱罢我登场，在暴利的驱使下上演着一出出闹剧。

本来随着殖民时代的结束，鸦片贸易此种误国害民的行径已受到中南半岛各国的抵制和打击，但是，金三角的毒源生涯却远远没有结束。

这里山高林密，峡谷纵横，交通十分闭塞，属于泰老缅三国中央政府无暇顾及的边缘地区，俗称“三不管地区”。这一带民族成分复杂，部族之间有严重的分离主义倾向，地方武装拥兵自重、割据混战，不受中央控制。

20 世纪的金三角，枪声四起，危机四伏。伴随着毒品贸易的，是贩卖人口、妓院、赌场一整条黑色产业链。它就像被打开的潘多拉魔盒，顽固地向全世界散发着诱惑和罪恶，害得无数人倾家荡产、妻离子散。

3

幸好，禁毒斗争从来没有停止过。在中国、泰国、老挝、缅甸四国政府的共同努力之下，大型贩毒集团纷纷土崩瓦解。2005 年，金三角有关各方宣布停止罂粟种植。禁毒斗争取得了初步胜利。这胜利背后，是无数警察和军人的流血牺牲。

如今的金三角，已然恢复了平静。

这里的土著被利用成为害人的帮凶，很重要的原因，就是贫穷与落后。他们中的大多数很长时间内都不知道毒品是怎么害人的，只知道罂粟花也可以治病用，有人愿意买，他们卖了就能赚钱维持生计。在外面比黄金还贵的鸦片，在烟农手里只能卖出普通粮食的价钱。金三角原住民，看似做着血腥的暴利生意，实则命运掌握在毒贩子手里，依然在贫困线上挣扎，活得艰难。

要根治金三角问题，必须发展经济。100 多年后，这片被罂粟糟蹋的肥沃土地上，终于又重新种回了庄稼。经济作物替代种植，是第一步。

发展旅游业，是另一项收入来源。所以，今日我们才能踏足这片神秘而传奇的土地，一探究竟。

从码头登船。游在湄公河上，不见硝烟，只见蓝天白云作衬，两岸凤凰花开、绿意葱茏。河水昏黄，小船飞驰而过，激起的浪花在阳光下闪耀着。你看，那是和平的光芒。电影《湄公河行动》中的画面在脑海中闪现，和眼前所见，景虽同而境殊异，不禁对今日享受到的一切倍感珍惜。

河对岸“金三角经济特区欢迎您”的标语十分醒目。老挝和中国合作，在金三角老挝一侧成立了特区。

上岸，到老挝市场走一走。满满一桌整齐排列的药酒最具特色。酒的颜色或红或黄，散发着邪魅的气息。蛇、蝎等剧毒之物窝在酒瓶中，泡在酒水里。虽知它们已无法再伤人，但定格的凶相还是会让你感到心悸。

除此之外，就是衣服、眼镜、箱包之类的。穿了汉服旅行，遇到的老挝朋友笑着夸真好看。还有两个小姑娘，不懂中文，但是她们黝黑皮肤上挂着的浅浅微笑足够让人心生亲切。

和和平平，简简单单，这样的生活就很好。人人都在期待金三角更明媚的未来。

4

然而，禁毒行动并没有完全结束。我们也并非完全高枕无忧。只要有利润，就会有亡命之徒以身试法。

毒品交易从一个集中的区域分散、潜入到了中老泰缅边境更深的丛林，尤其是缅甸一侧，毒品问题向来最严重。罪恶就像病毒，总在我们看不见的角落暗暗滋生，只要稍微有点适合的土壤，就能疯狂蔓延。禁毒之路犹漫漫。

于我们普通个人而言，珍爱生命，远离毒品，是必须要坚守的原则和底线。

愿金三角之殇，永远成为过往。

长颈族，残酷的美丽

泰北山高林密，长颈族的村寨就坐落在一个被绿意围绕的山谷之中。

进村的土路两旁，蓝天之下只有野草和芭蕉，葳蕤蓊郁，放肆生长，高及半人，看不出任何人为打理过的痕迹。若是换作中国的村庄，怕是不会允许它们如此自由自在，早就被安排得明明白白，换上了整整齐齐的庄稼。这村子，应该不是以种植为生。后来，事实证明，这样的想法是对的。

村子不大，入口处，是一个岔路口，左右两边各蜿蜒出一条小路。路两旁立着两排茅草屋，原始，却不陈旧。顺着一条小路深入，是一片屋舍集中的区域，也就是常规游览区。茅草屋实际是商店，里面陈列着一些民族手工纪念品，有美丽的姑娘现场织布。

在这里，只能看到女人和小孩。戴着层层颈圈的女人，守着摊位，看着小孩，是这个地方最具吸引力的“展览品”。所有人都是为她们而来的。而她们，也早已习惯了被展出、被围观，甚至学会了面对镜头挤出一个恰当的笑容。旅游业才是这个村子赖以生存的主业。从泰国政府处分来的门票钱，卖纪念品、土特产的所得，便是村民们的几乎全部收入来源。

村子安静，干净。即使有游人，依然感觉不到吵闹。所有的声音仿佛都被大山吞噬了。寻一家店铺，驻足。守着铺位的是一位年轻的妈妈和她可爱的小女儿，她们皮肤被晒得黝黑。妈妈脸上还有许多晒斑，写满了风霜。几十个颈圈把她的脖子撑得修长，长颈族的称呼，便由此而来。据说，这个民族，以脖子长为美。买了些纪念品，和她们母女合了影。语言不通，她便全程报以微笑。小女孩似乎有些不开心，尽管拍照的时候，母亲一直提醒她，“笑一笑，笑一笑”，但小孩子总归不像大人，不会去掩饰情绪，活得真实。

也有的小姑娘到处奔跑玩耍，她们脸上涂着螺旋状的防晒霜。这样的防晒霜，来自缅甸。

原来，长颈族不是这泰北山中的原住民，而是十几年前为躲避战乱，从缅甸迁入泰国。他们本是非法移民，却因泰国政府看到了其特殊民族风俗所带来的商业价值，在泰北安了家。他们目前的生活水平，已经高过很多其他少数民族了。而关于最初戴颈圈的目的，说法不一，或是为了保护颈部不被山中野兽撕咬，或是为了原始崇拜，把自己打扮得更接近心中崇敬的神物，或是一种本民族的特殊标记……总之，既是因为传统，也是为了生存，长颈族的女人依旧戴着高高的颈圈，向世人展示着残酷的美。

这样的审美，在现代文明中，显得有些畸形。戴颈圈，不仅损害了健康，而且低头不便，也会妨碍正常的读书写字。如此旧俗，想必会渐渐消失在历史长河中。或许，若干年后，长颈族便成为一个神秘的传说，只存在于书本、照片中了。

夜曼谷，是谁，纵身跃入酒杯

1

已入夜。

可是这座城，没有夜幕。这里的霓虹，实在太亮了。

走在曼谷的街头，偶尔会有一缕夏日的晚风拂过。虽然也是暖的，但比起白天的闷热，终究是舒适许多。或许正因为这样，这里的人们，更喜欢在夜晚出来活动。此时，调动全身的感官系统，感受到的，是更甚于白日的繁华和喧闹：街边灯火璀璨，车辆川流不息，人声沸沸扬扬。

去吃消夜吧。转入帕蓬夜市。

帕蓬夜市是曼谷有名的老牌红灯区。众多摊贩聚集于此，出售各式商品。从小吃、衣服、鞋子、化妆品、香水、皮包，到酒吧、各式秀场，应有尽有，无所不包，满足你的一切需求。背包客们挤在这里，为了心爱的商品讨价还价；也有游客深吸一口气，在好奇心和欲望的驱使下，斗胆走进一家酒吧，去看一场听闻已久的秀；狭窄的道路两旁充斥着夜店拉客人员，只要你稍作停留，就会有人冲上来热情询问；浓妆艳抹、性感火辣的女郎们身着各自的制服，成群聚集在巷边，看着往来穿梭的行人，等待着生意的光顾……

斑驳夜色下，一片灯红酒绿，一派风烟迷离。

2

大吃一番，满足了胃之后，一行人走进一家酒吧。这里的夜生活，刚刚开始。是啊，来泰国怎能不体验一下这里的夜店文化呢？

可是体验，不等于经历。这个世界上有很多事情，我们是不需要亲身经历的。做一个旁观者吧。只是去看，看看那些光怪陆离，看看那些形形色色，看看那些喧嚣涌动，看看那些酒精和昏暗灯光所激发出来的众生百态。然后，从别人的故事里，反思和体悟自己的人生。

没错。我并不想有太多故事，我只是喜欢听故事。我也没有什么故事，只是看过一些故事。

落座。点一杯酒。此时，我已化作黑暗中的一双眼睛，静静地，观察着周遭的一切。

这是一个欲火丛生的地带。午夜，酒吧，是暗沉沉的。七彩的灯光并不明亮，在屋内旋转。打在人们脸上，人们的肤色便被隐了去。DJ 很大声，带着强劲的节奏，猛烈刺激着人们的耳膜。这种刺激，很容易让人产生一种不管不顾的冲动：要释放，要放纵，要冲破平日的枷锁和牢笼。

3

台上，秀场进行着。

他们，身材很好，肌肉线条清晰可辨。昏暗的灯光穿过烟雾，氤氲出迷离的氛围。幻色的迷雾里，他们和着音乐节拍，竭尽所能，做着极具诱惑的动作，变换着各种姿势，摆弄着自己的躯体。

我隐约看到他们在微微地笑。可分不清是真是假。

对，这就是他们的工作：演出，满足一些人的需求，然后赚钱回家，养活自己的妻子、孩子——没错，他们中的大部分人是有家室的。这只是一份职业，一份，在人们眼里比较特殊的职业。

对于这样的职业，其实没什么好批判的。完全是市场行为。有需求，就有人能提供对应的产品和服务。这是任何行政手段都改变不了的，人类社会的本质。但总有人，喜欢站在道德的制高点，对别人的人生指手画脚。这种人，我很不喜欢。

只要不违法，不伤害别人，选择什么样的职业，是人家的自由，无可厚非。你可以不喜欢他们，不认可他们，但应当尊重他们。人这一生，无非是付出一些东西，去换取另外一些东西的过程。只是每个人愿意付出的和想要得到的不一样罢了。这世界，公平得很。

另外，从某种程度上讲，选择这样的职业，和泰国的产业形态有关。经济不发达，没有足够强大的工业和科技做支撑，他们的就业空间自然受到了很大的限制。所以，大环境也很重要。

4

台下。

有人眼神迷离，在一角慵倦地抽着烟；有人随着音乐节拍，疯狂扭动着身躯；有人拎着钞票，对着台上吆五喝六，指指点点，想在这里风光一回；有人揽着陪酒者的腰，顺便上下其手……

这便是白日里不曾见到的众生相。

巧的是，第二日在某商场，我又看到了前一天在酒吧看到过的某人。两个形象在脑海里交叠。白天和黑夜，一本正经和欲望横流，规规矩矩拎着购物袋的手，和不安分摸着陪酒者胸的手……

我不知道这两个形象，哪个才算是真实的。阳光照耀下暴露出来的，是人的本色？还是夜色缱绻里，人们才会卸下面具，撕掉伪装，露出本来面目？

或许，两者都是真的吧。人都有多面性。白天的你和夜晚的你，都是你。当下所看到的、听到的、感受到的，即是这个瞬间的本来面目。

那么，继续看着、听着、感受着吧。

5

不觉，夜已深。是时候回去了。

放下一直紧握在手中的酒杯，出门。门外的灯光，稍稍有点刺眼。

哦，对了，杯中酒，还剩了三分之二。

特色集市，遇见最真实的暹罗

曼谷市中心的摩天高楼，林立的购物商场，大都已被国人占领。会讲中文的导购员，随处可见的中国人，会让你有种身在国内的错觉。被一扫而空的货架，亦是热衷于买买买的国人的杰作。若你也是来扫货的，购物天堂曼谷欢迎你，暹罗广场附近的大型商场定能让你满载而归。但若你想要探寻最生活、最真实的暹罗，那么，大大小小、各具风情的集市不容错过。不信的话，跟我走吧。

美功铁道市场

如果不是亲眼所见，很难想象，世界上居然还有这样的市场。

到美功站的时候，是清晨八九点钟，人群已经开始熙攘。美功站不像国内的火车站，层层分区隔离，而是一个开放式车站。铁轨上可以随意走动，任你摆拍拗造型，是绝佳的旅行摄影打卡点。20 泰铢一个的大青椰，汁液清凉甘甜，在只有夏天的热带必不可少，一口喝下去，满满的幸福感。

著名的铁道市场，就分布在某段铁轨两侧。红红绿绿的各式帐篷撑起，游人在铁轨上来来回回地走，享受着阴凉，优哉游哉寻觅想要的美食。市场里商品琳琅满目，各类蔬菜水果小吃、纪念品，应有尽有。讨价还价声不绝于耳。旁边的摊主姐姐熟练地剥着榴梿，厚厚的壳裂开、露出鲜黄色果肉的瞬间，直教人垂涎三尺。热带水果在这里出了名的便宜，让人恨不得通通打包带走。奈何带不走，那么吃到就是赚到。

火车即将进站。工作人员吹起了口哨，拉起了警戒线。铁道市场最经典的一幕正在上演：铁轨两旁的摊主迅速收起自家的帐篷，遮挡好商品。红皮小火车鸣着笛，一点点靠近，缓缓穿过刚刚那段铁轨。火车走过，摊贩们再麻溜儿地把帐篷重新撑起，市场又恢复了之前的热闹和秩序。整个过程，只是几分钟的时间，井井有条，丝毫不乱。

这样的收起放下，火车每经过一次，就要重复一次。摊主们早已习惯，从不厌烦。对他们来说，一收一放，就像日夜交替一样自然。世界如此之大，有的人，生活在铁轨上。

买张火车票，一站就好。车窗开着，火车启动，有风灌进来。铁皮的车厢有些陈旧，电风扇在头顶吱吱呀呀，两排黄色吊环摇摇晃晃。这分明是哪部老电影中的场景。一直想要坐着绿皮火车去旅行，车子慢慢走，风景慢慢看，伸手就能触及窗外自由的风。如今，虽然只是短暂的体验，也算实现了这个小小心愿。火车在铁轨上哐当哐当，路过绿野，路过沙地，路过水塘，路过蓝色的小房子，路过孤独的旅人。把它们通通收进眼眸。这时，不知倚着车窗、好奇向外张望的我，是否也会成为别人眼中的风景。

到站，下车。小火车继续哐当哐当，不回头地远去。和它说一声再见，江湖浩荡，就此别过，前路给你，回忆给我。

丹嫩沙多水上市场

《黄色长袍的国度》里说，水上市场是暹罗人真正的家，只有水才可以完美地展现他们的自然民风、纯真性格和天赋。没有阔马扬鞭，乘船摇桨才是这个自由国度独有的气质。

水上市场，映射着泰国独特的水上文化。不来这里，不敢说读懂暹罗。

丹嫩沙多，是曼谷近郊最负盛名的一个，距市中心100多千米。初初相遇的时候，站在码头上，被眼前的繁荣景象所惊艳。一条条小木船随机停泊在河道上，船里载着满满的货物，有当地特色美食，也有手工纪念品。有的船上甚至搭起了烧烤架，烤肉的香气在河道乱窜，挑逗着人的味蕾。这时候，需要什么，只消招呼一声，头戴“灯罩帽”的阿公阿婆就会轻轻一撑竹篙，小船自然寻着你的位置不偏不倚地靠过来。问阿婆买了一份椰果冰激凌，钱上船，东西上岸，是很奇特的体验。尝一口，有夏天的味道。

当然，水上市场不光是岸上和水中交易。你也可以搭乘一艘小船，在河道穿行，然后停留在任何感兴趣的小船旁边，搜罗想要的美味。河面并不宽阔，船来来往往，时常会有小小的碰撞，整个市场热闹，又有趣。

拐几个弯，渐渐驶离烟火气十足的水上集市，恬静的水乡画卷一点点铺展开来。临水两排民居，有的精致清新，有的稍显简陋，或因不同人家财力有别。但相同的是，家家门口有花。也有许多人家，门前挂着小船。挂着的船，像图腾一般，是水乡人民生命里的密不可分。芭蕉树和椰树依偎着河岸，尽显热带风情。河水虽然浑浊，却也养育着一方子民。船加速，浪花飞溅。这里是接地气的人间，所以，无须拘谨，放肆地张开双臂吧，拥抱每一寸路过的风景。

上岸，循着路牌走向水上市场博物馆。旧时用的船只还有一些水上用品被简单陈列。馆中无人，连门联都已脱落了一半。想来极少有人会寻至此处。比起集市的热闹，这里显得有些寂寥。倒也正常。人们往往偏爱更直观、不需要思考的景致。

返回码头的路上，偶遇一只巨蜥。它趴在一块青石板上，正悄悄向水中挪去。在泰国，巨蜥的出没稀松平常。但不常见到这类野生动物的人，还是会感觉到恐惧。

告别丹嫩沙多，搭车回曼谷。这幅水上市场繁华图，为我的旅途记忆又添上了浓墨重彩的一笔。

恰图恰周末市场

恰逢周末，自然要去恰图恰周末市场。周末市场，顾名思义，是只有周末才会开放的集市。而恰图恰，据说是“全世界最大”的露天市场。搭乘 BTS，出站跟着指示牌走，就可以很轻易地找到这里。

摊位一个挨着一个，你能想到的，想不到的，这里都有。旁边的美食摊位，一口巨大的铁锅架起，锅里是色泽诱人的泰式料理；前方是古董摊位，摆放着各种古旧的小物件，认真淘，总能淘到宝贝；关于佛的工艺品，也彰显着泰国特色，华丽而精致；更多的商家则卖些服饰衣帽，仔细逛一圈，整体款式偏旧，穿出去可能会嫌土，但是汇集在这里却别有一番风味……

烈日下的集市，蒸腾着怀旧的气息。本地人的来来往往，呈现出最日常的暹罗。喜欢穿梭在原汁原味的市场中，胜过逛一切大型商场。

在网购渐渐取代逛街，社交软件慢慢替代面对面沟通的今天，泰国的集市文化越发显得难能可贵，吸引着人们源源不断地前往体验。这是一种回归。人情味，我们始终都是渴望的。热热闹闹的市场，热气腾腾的生活，总会让人身心愉悦。

所以来吧，曼谷的集市，等着你探索。

金色皇宫，藏宝玉佛

1

不论在哪个国家，皇宫总是一处人人向往的秘境。千百年来，人们对于至高无上的皇权，都有着与生俱来的窥探欲。深宫大院的奢华与辉煌，在人们的想象中散发着神秘的光芒；而发生其间的种种故事，在传播中被层层加工，成为文人笔下经久不衰的课题、百姓茶余饭后津津乐道的谈资。

中国的故宫、泰国的大皇宫，百年前对于普通人来说，尚遥不可及，如今，早已面向公众开放，成了著名的旅游景点。人人都有机会踏足这里，探索历史，欣赏文化艺术瑰宝。

泰国是君主立宪制的政体，依旧有国王，有王室。曼谷王朝从拉玛一世到八世都住在大皇宫。从拉玛九世开始，泰国王室搬离此地。

2

泰国是一个佛教国家，皇宫中自然也少不了用来敬佛礼佛的寺庙。它就是玉佛寺。

玉佛寺因供奉着一座由一整块碧玉通体雕刻而成的玉佛得名，是大皇宫的重要组成部分，也是大多数人游览的第一站。

金碧辉煌，用来形容大皇宫最恰当不过了。当你身处其中之时，对于这座始建于 1782 年，已走过两百多年历史的宫室，几乎感受不到一丝丝岁月沧桑的痕迹。金的底色，加上王朝至今绵延，让这座皇宫历久弥新，永葆魅力。

热带地区的国家大都喜欢浓艳亮丽、缤纷多变的色彩，这样的色彩给人以热情之感。泰国也不例外，不论是从街头服饰还是皇宫建筑中，都能很轻易体会得到。

除了玉佛殿，大皇宫几乎没有开放可供参观的内室。人们在一个个富丽堂皇的外壳间走走停停拍拍，表情和动作里满是兴奋。而墙里的空间，则留给人无限遐想。

大太阳底下，光芒四射的建筑对视觉和精神的冲击足够猛烈，让人只想沉浸其中。至于这建筑叫什么名字，是如何震撼，又如何好，你已经没有心力去找寻具象的表达。大多数人，往后想起大皇宫，能留存于心的，不过是一种华丽的感觉以及三五张定格的影像。

庙宇四周有长廊，廊内有连环壁画。壁画初成于拉玛一世时期，讲述了一个动人的神话故事《拉玛坚》。《拉玛坚》脱胎于印度教史诗《罗摩衍那》，足见泰国文化受印度影响颇深。长廊是大皇宫内少数可以不用遭受暴晒的地方之一，常常被旅行团作为集合点。逛累了在此歇歇脚，看看生动有趣的壁画，感受其中所传递的真善美，乃乐事一桩。

3

玉佛殿外，有一口大水缸，旁边的容器里盛着若干枝荷花。人们排队，依次使用荷花蘸水往自己头上洒几次，意为净身、祈福。我亦是队伍中的一员。

洒水净身完毕，赤足入殿。大殿里鸦雀无声。碧绿透亮的佛，身披金缕衣，头顶九层华盖，端坐高处，闪闪发光。匍匐在他脚下的众生，凝神屏息，一脸虔诚，祈求着他的庇佑。

玉佛，在泰国人民心中太重要了。王室为他打造了三套不同的金缕衣，分别对应泰国的一年三季：热季、雨季、凉季。每到换季的时候，都要举行盛大的换装仪式，由国王或王子亲手为玉佛更上新一季的金缕衣，年年如此，雷打不动。

我不知道，万民景仰的玉佛，是否真的能发挥那么大的作用，护佑他的万民度苦化厄，平安喜乐。可以确定的是，历史上，这座尊贵的玉佛在东南亚，犹如金庸武林中屠龙宝刀般的存在，一度成为各国争夺的焦点。他的身后，燃起过滔天战火。无数黎民百姓为此流离失所，命丧黄泉。而他，也在杀伐声中，辗转在泰国清莱、老挝琅勃拉邦、老挝万象、泰国曼谷等地，最终停留曼谷至今。当初曼谷王朝从万象抢回玉佛时，毁寺屠城，血流成河。这段过往，是老挝人心中永远的殇。

如今，清莱和万象仍有各自的玉佛寺。万象的玉佛寺为后来重建。即使没有了玉佛，百姓仍要继续生活，国家还要继续往前走。清莱的玉佛寺则重新雕刻了一尊新的玉佛供奉。世界恢复了平静。

佛本慈悲，却无意间带来苦难，是佛的错，还是人的错？我看向佛，佛没有说话。

4

出玉佛寺，进入宫禁区域。

导游是一位年纪稍长的大叔，身形瘦削，幽默风趣，讲起过世的上一任老国王拉玛九世皇，敬爱之情满溢。他说他，一心为民，在多次政变中出面调停，护佑着百姓；在泰北山区发展替代种植，把罂粟换了庄稼；和亲爱的王后一世相守，深情共白首……他还说，这位深受爱戴的老国王去世时，很多泰国人民自发排队送行，颇似我国当年“十里长街送总理”的盛况。

而提及老国王的继任者，大叔忍不住悄悄吐槽了几句……

作为国王，心里装着百姓，百姓也会把他放在心上；只想着自己，自然无法得到百姓的爱戴。群众的眼睛是雪亮的。

托拉玛九世的福，泰国王室可以说是当今世界很成功的王室了。泰国国王，不只是一个符号般存在的国家象征，更是全国人民的精神领袖，在政治上，亦有着不容小觑的影响力。同时，凭借着家族两百多年来的世代累积和苦心经营，泰国国王，是如今全球范围内最有钱的国王。这一点，出乎很多人的意料。

宫禁区域开放参观的地方并不多。放眼望去，欧式风格的主体加泰式传统尖顶，便是皇宫规模最大的主殿节基宫。再往前，就到了皇宫出口。宫门守卫居然可以合影，瞬间亲切感倍增。

走吧，总要走出这道宫门，回到民间的。

公交漫游，放飞在曼谷街头

1

没有计划的下午，走出恰图恰周末市场，搭一辆公交去游荡。

曼谷的公交车五颜六色，个性十足。不过这颜色可不是随便用的，每一种对应的是不同的条件，比如新式还是老式，电扇还是空调，官方运营还是私人运营，甚至有些车编号相同，颜色不同就代表路线不同……而不同的条件，对应不同的价格。正因为曼谷公交体系看起来如此复杂，大多数游客只好望而却步，选择标识明显、更易乘坐的 BTS 和 MRT 作为出行工具。

但是，对于不赶时间，不赶景点，只想慢悠悠体验当地生活的人来说，复杂点又有什么关系呢？乘坐公交车本身，就是旅行的一部分。况且，也没那么难。通过谷歌地图查询路线，它会告诉你应该坐哪一路，是什么颜色的车。

车子到站，招手，上车。这是一辆老式公交。除了我和朋友，车内都是泰国人的面孔。没有人讲话，只有头顶的电风扇嗓子沙哑，不知疲倦地唱着怀旧的老歌。随手拍张照片，是复古的味道。

曼谷公交全程泰文报站，想要不坐错，记得关注地图或提前跟乘务员打招呼，热情的泰国人会愿意在到站的时候提醒你下车。

2

窗外的风景不停从眼前掠过，风把发丝吹得凌乱。路过胜利纪念碑，它在路口的转盘中央，仿佛一把利刃直指苍穹。那是军国主义的遗物，微笑佛国中少见的杀气腾腾。

这段历史说来有些纠结。暹罗曾长期统治老挝、高棉。近代西方列强纷纷崛起后，入侵东南亚。第一次法暹战争，以法国从暹罗手中夺取了老挝告终。而此前，高棉已经主动脱离暹罗，投入了法国的怀抱。“二战”时期，泰国作为亲日的轴心国成员，曾在第二次泰法战争中取得短暂胜利，在日本的“判决”下，从法国手中夺回了高棉和老挝的部分领土。当时仅有2000万人口的小国，终于扬眉吐气了一回，于是兴高采烈地建了这座胜利纪念碑。但是，好景不长，终究是站错了队。第二次世界反法西斯战争胜利后，法国卷土重来，在东南亚继续进行殖民统治。及至后来，各国强烈反抗，纷纷独立，这一切早已和泰国没有关系了。

在这场大戏中，最尴尬的就是老挝和柬埔寨，被别人夺来夺去，毫无自主的权利。不管谁赢谁输，都改变不了它们被殖民的命运。落后的国家就像案板上的鱼肉，只能任人宰割，它的人民也只能受罪。泰国算是幸运的，是近代中南半岛上唯一一个没有被殖民的国家。“二战”结束，泰国新政府成功甩锅前首相，脱离了战败国行列。这个国家在鸡蛋上跳舞的智慧，着实让人暗暗佩服。

曼谷闹市街头的这座胜利纪念碑如今看来有些讽刺。它在记下那场镜花水月般胜利的同时，也提醒着来来往往的各国人民“泰国曾是轴心国成员”那段不光彩的过去。但是我们依旧应当感谢这座纪念碑的存在，它是一段奇异岁月的见证，也引发着每一个过路人的思考，持续不断警醒后人。

3

前方路口，一段地面铁轨贯穿两头。曼谷的铁路如此随性，火车没来的时候，行人、车辆可以任意穿行。火车快要行经此地了，就用道闸做简单隔离。

从唐人街入口前一晃而过。对唐人街的印象，来自电影《唐人街探案》。匆匆一瞥，好像我路过了这场电影。在车上，隔着远远的距离，已经能看到涌动的人潮，是一如想象的热闹。穿过的街区，开始密集出现带着繁体中文的标牌，隐约有香港的感觉。坐在公交末排，透过泛着蓝色的后视玻璃，我看见，身后的画面被古香古色的街道、戴着头盔骑着机车的酷炫青年以及其他各式车辆填满，复古又繁华。无意中遇见的风景，惊艳了我的时光。

走过几条街，拐了几个弯，随着公交车一路到最后。终点站附近有一个码头，一旁的街区是曼谷花市。花市少行人，略显冷清，和之前路过的地方截然不同。小店的主人就安安静静地坐在花前。后来了解到，也许因为去的不是时候，午夜的花市才最热闹。

公交漫游，就告一段落了。站在湄南河畔，接下来，又该以何种方式继续游荡呢？

今夜，我在湄南河

1

傍晚的码头，笼罩在一片金色之中。我记得的，那日的夕阳一点都不温柔。

彼时，云层极厚，不由分说霸占着整个天空。金乌不甘默然西坠，硬生生把云层撕了个口子。哗，一束光挤了出来，带着壮烈的意味。想引起世人的注意，不愿就此被掩藏，那就勇猛一击，突破桎梏。它成功了。湄南河上，水波荡漾，浮光跃金，回应着它的勇猛。

等待不长不短的时间，公交船突突而至。湄南河是曼谷的血液，自北向南蜿蜒流淌。这座王都鲜活的生命，是它赋予的。暹罗人向来喜欢临水而居，两岸散落着众多名胜古迹，像玉珠被锦带穿起。乘船是曼谷生活的日常。不用担心塞车，赏着景笃悠悠到达目的地，可能比坐车还要快些。

很快到了对岸。这一站，是黎明寺，也叫郑王庙。郑王庙是一座古寺，在拉玛一世建立大皇宫和玉佛寺之前，请回的玉佛曾在这里短暂供奉过。由于天色已晚，遗憾错过入寺时间，只能在外围远观了。不过，黎明寺的风采，可不是一圈围栏能挡住的。直插云霄的高塔，让地上仰望的人们叹为观止。

偶尔闯入了附近一处静谧的所在。佛殿的外墙和立柱以粉色为底，镶嵌着各种图案的彩色陶瓷，和我身着的粉色碎花裙意外地搭。拍一组照片，满满的少女感。不拘一格的设计和大胆的用色，打破了人们对佛的刻板印象，营造出亲切而愉悦的氛围。曼谷寺庙众多，可是每个都不一样。

2

天空飘起了雨。夜雨中看曼谷华灯初上。黎明寺中的塔群亮起了橘黄色的光，透着慈悲。乌云笼罩下的城市，因此依旧让人感到安定而祥和。

乘船返程。夜色中的湄南河风光旖旎。天空变成深蓝色，晕染着一抹淡淡的烟霞。两岸灯火辉煌，投映在水中的光影让湄南河的起伏有了情绪。此时的曼谷，是一位风情万种的魅力女郎。

公交船挤满了各种肤色的人，很大一部分都涌向了岸边的购物中心。夜生活，要拉开序幕了。想起了前几日去过的河滨夜市。顺着河道继续往前，就可以抵达那里。为了鼓励人们前往，当地开通了免费的摆渡船。

河滨夜市，也叫摩天轮夜市，是一个新兴的市场，在码头边上，由旧仓库改造而成。它是商场和夜市的混合体，处处体现着小资情调。小吃街和海鲜餐馆干净整洁，摩天轮下唱歌的老人逗趣搞怪，一家家商铺不遗余力，满足着剁手党的需求。逛累了，就站在河畔，等一场湄南河的风。

3

在泰国的最后一天，和青旅的小伙伴吃一顿自制火锅。到底是中国胃，吃起火锅来，感到难以言表的酣畅淋漓。一群陌生的年轻人相逢在异国他乡，说起各地的风土人情，说起各自的价值观，举杯共饮，谈笑风生。在思想的交流碰撞中，我越发看到了世界的广阔。火锅里咕噜咕噜冒着的热气，分明是我们热烈的青春。每一个人，都超酷。

很多年以后，每当我想起过去的旅行，一定不会漏掉泰国这一段。

年轻人，未来，酷下去。

第三辑　黔山贵水，月迷风醉

天色逐渐暗沉。白昼正在有条不紊地收敛起它的光芒。我不知道自己是在山里还是山外。只知道，视线的近处是山，远处依然是山。

车子行进途中，人的思绪，极易随着弯弯曲曲的前路蔓延。眼前呼啦啦而过的万般景象，在你的不自知中，和记忆里的某些过往，以及想象过无数次的、关于未来的片段，产生着奇妙的联结与化学反应。你很可能不会记得自己想了什么，但是根植内心深处的渴望和抗拒，就像蒙了尘被擦拭的镜子，一点一点清晰起来。

和贵阳，于夜幕的烟火里相遇

1

去贵州看看吧。

四月末，春将休，夏未至，我背起行囊，在遥远的召唤之下，毫不犹豫地奔向了那片神秘的山山水水。

贵州，西南五省之一，盘踞在祖国西南腹地，是全国唯一没有平原支撑的高原山地省份。这里自然风光雄奇，是亚洲喀斯特地貌的核心发育区，飞瀑、峡谷、峰林、天坑、地缝、溶洞、暗河……大自然的即兴创作让人叹为观止。这里民族风情绚丽，49 个民族共同生活于此，少数民族个数仅次于云南。

全省呈放射状的旅游布局，以贵阳为中心，北上有红色旅游胜地遵义、赤水，东南为苗疆侗寨，西向有毕节、六盘水，西南为兴义，周边还有安顺。

省会贵阳，作为全省的交通枢纽，是进出贵州及中转休整的首选，因此，也是我旅途的第一站。

2

落地贵阳的时候，夜色正浓。经过漫长的等待，终于得以搭乘机场大巴，抵达花果园。彼时已是23点。可整座城市丝毫没有要睡去的迹象，依旧是一片火热，甚至说，夜生活刚刚开始。沿途摊贩占据了街道，到处飘着美食的香气，炒锅里翻滚的热浪，在夜色里格外迷人。

安置好行李，恰巧遇到青旅的三个姑娘要出门吃消夜，于是很开心地加入其中。跟着大部队转进狮峰路菜场——那是花果园购物中心附近一条隐秘的小巷，本地人喜欢日常打卡吃消夜的地方。

夜市里熙攘喧闹。喝着啤酒撸着串的人们聚在摊贩支起的帐篷下高谈阔论着，时不时发出一阵阵爽朗的笑声。透过缭绕的烟雾，我隐约看见他们橘色灯火下泛着红光的面颊。无论是肆意张扬的少年，还是饱经沧桑的中年，都能在夜色的掩护之下，于这方被浓烟占据的小小天地里找到安放内心的位置，从而感到无比的妥帖和自在。而我，也早已忘记自己只是过路的旅人，在浓郁生活气息的包裹之中，自然而然地融入了这片江湖。

在当地小伙伴的带领下，点了螺蛳、龙虾、烧烤等，然后配上冰浆。对，贵阳吃螺蛳，一定是要配上冰浆的。一个热辣，一个冰爽，这冰火两重天的组合，就像油条豆腐脑的早餐组合一样深入人心。一边对着美食大快朵颐，一边和天南地北的新朋友吹牛侃大山，夏天的味道悄悄发酵着。我爱这市井的模样。

贵阳这座城，遍布着大大小小的夜市。约上三五好友，下课了，消夜走一波；下班了，消夜走一波；开心的时候，消夜走一波；不开心的时候，消夜走一波……除了螺蛳龙虾，还有烙锅、砂锅、火锅、烤鱼、肠旺面……除了冰浆，冰粉、冰粥也都值得尝试。吃不完的美食，让人只恨自己胃太小。没有什么烦恼是一顿消夜解决不了的，如果一顿不行，那就两顿。

其实不只贵阳，西南地区的城市大都夜生活丰富，如成都、重庆，口味也是一致地辣。把所有的忧虑都融化在热浪滚滚的人间烟火里，这是一种多么简单而唾手可得的幸福呀。

不过，喜欢归喜欢，凡事讲究适度。过分贪恋不利于身材和健康，亦不可取。多一点克制，幸福，便能更长久些。

3

初访贵阳，品尝了最地道的美食，感受了最市井的生活。在夜幕的烟火里相遇，以至于我日后每每想起这座城，脑海中首先浮现的，都是一幅热气腾腾的画面。亦感谢那个热情洋溢、跑前跑后带我们体验正宗吃法的贵阳姑娘，以及一起留下过美好回忆的每一个同伴。旅途中的相遇终将分离，那么，愿往后，我们在各自的天涯里一切安好。

吃饱喝足，带着倦意满足地睡去。明天，一定更精彩。

博物馆与菜场，贵阳的前世和今生

1

还是那夜走过的地方。只是清晨，狮峰路的菜场属性便显露出来了。

平日里极少逛菜场。所有的蔬菜瓜果都交给了生鲜电商。人在家中坐，小小的手机上轻轻一点，需要的一切就能轻松出现在眼前。这是科技带给我们的便利，自是十分符合城市生活的快节奏。

但我相信，无论时代如何变化，菜场，是一处永远不可被取代的所在。

古龙曾说："一个人若走投无路，心一窄想寻短见，就放他去菜市场。"汪曾祺先生亦写过："到了一个新地方，有人爱逛百货公司，有人爱逛书店，我宁可去逛逛菜市场。看看生鸡活鸭、鲜鱼水菜，碧绿的黄瓜，通红的辣椒，热热闹闹，挨挨挤挤，让人感到一种生之乐趣。"

深以为然。

每个旭日初升的早晨，一座城市最先醒来的地方，一定是菜场。彼时，带着泥土和露珠的新鲜蔬菜整整齐齐排列在摊位上，像严阵以待的将士；五颜六色的各类水果安安静静躺在筐里，鲜艳诱人；熟食的香气混杂着生禽海鲜的腥臭味，霸道地钻进鼻孔，强烈刺激着你的嗅觉……

摊贩们偶尔叫卖几声，偶尔扭头和相邻的同行闲聊几句。但凡路过的人们表现出一丝兴趣，他们便以充满期待的目光追着对方。若其在此处停留，接下来便是轻车熟路地讨价还价，称重打包，末了不忘笑着说一句，“下次再来”；若对方不曾停留，眼底一瞬的失落过后，也不会太在意，扭头又寻觅起新的客人。

在菜场走一圈，全身的感官都被充分调动起来了，每个细胞都被浓浓的人间烟火气息激活着。想想加工后的一道道美味佳肴，内心越发地温暖明亮。而不论是摊贩，还是穿梭在菜场的男女老少，都是那么努力且认真地生活着，若你身处其中，一定也会被深深感染，从而对生活燃起更多的热爱。

2

贵阳人喜酸，喜辣。大部分的食物，都离不开蘸水。

点了豆腐圆子。蘸水中还有什么其他配料，我并不清楚，只是对辣椒面和折耳根印象深刻。辣椒面是我喜欢的，够味。折耳根是贵阳餐桌上的常客。爱它的人心心念念，恨它的人难以下咽。而我初次尝试，对于它的酸和腥，实在有些不习惯。想来人和人的口味，当真是千差万别。

身旁有一个卖酸汤豆腐的摊位，生意极好。一辆三轮车，一个不锈钢保温桶，有源源不断的客人围上来。看样子大都是老主顾。大爷动作麻利，熟练地盛了一碗又一碗，喜悦挂在脸上，笑得面容舒展。有些食客直接站路边吃了起来，神情满足。见状我也忍不住上前凑了凑热闹。

白嫩的豆腐间点缀着青菜的绿，这是少数不搭配辣椒下肚的小吃，入口清爽不腻，早上来一碗，正合适。

粉面是贵阳饮食的灵魂。早上要吃，中午要吃，晚上也要吃。如今，一直对贵阳酸粉念念不忘，除了粉本身的细腻，更重要的是那一勺勺勾人味蕾的红油辣椒和丰富的佐料。

前一晚吃消夜的小店，在白日里打了烊。日夜交替轮换着，这条街上的小店也交替轮换着。不论是日还是夜，这里都有贵阳最地道的风情。我打此路过，足以慰风尘。

3

若说菜场是百姓生活的横切面，展示着一个城市当前的风貌，那么博物馆，便是一条纵贯古今的历史隧道，通往这座城的前世。

搭车前往省博物馆。

寻一临窗的位置坐下。窗半开着。风追过来，扑打着面颊，有力，却绝不会让你感觉到冒犯之意。我手托腮，习惯性地望向窗外。移动变换的风景总是比一成不变更吸引人。

博物馆位于观山湖区。沿着时光的印记一路走来，从老城到新城，从古旧到崭新。定格在脑海中的画面，由密密匝匝的电线，上了年纪的房屋，拥挤狭窄的街巷，切换成了造型别致的大厦，干净宽阔的道路。可是，人文的景观变了，大山没变。

都道贵州“八山一水一分田”，这一点，在省会贵阳就能窥斑见豹了，街头漫步，便能明显感觉出道路的高低起伏，车子行到通畅处，更是深刻体会到了什么叫“城在山中，山在城中”。没错，山城不只有重庆，还有贵阳。不管你什么时候回头，大山们就站在那里，静默地守候着。

4

到了。初初望向博物馆的时候，被它的恢宏气势所震撼。倒也不是因为这座建筑本身有多么宏伟，而是，它建于高台之上。通往高台有长长的坡道，坡道上绿草荫蔽。白色的小花开遍，在风里轻轻摇曳。沿着石阶拾级而上，心中不自觉庄严起来，仿佛正在通往一座神圣的殿堂。而高处回望，感受到的，又尽是开阔与自由。

和博物馆隔街相对的是贵阳国际会展中心和城乡规划展览馆。三者建筑风格和谐统一，一个代表过去，一个展示现在，一个面向未来。知来处，方能明去处，或许，这便是此中深意。

贵州省博物馆比起中原的一众博物馆，藏品算不得特别丰富，但民族文物却独树一帜，给人留下了深刻印象。

民族展厅介绍了生活在这片土地上的18个民族，关于它们的缘起、脉络、信仰、习惯。苗族是其中最浓墨重彩的一笔。一件件繁复华丽，银光闪闪的苗族服饰静静地站在玻璃橱窗里。如果可以开口，它们一定有好多话要说吧，关于自己的主人，以及那些漫漫光阴里发生的长长短短、平淡或热烈的故事。苗族有自己的语言，却无文字，整个民族的历史文化，几乎都被写在了种类繁多、数不胜数的民族服饰里。若你来到贵阳，记得也来看看这部“穿在身上的史书”。

苗人亦喜银，打造的银饰闻名遐迩。苗族银头饰多有牛角状的部分，据说，是因为苗人奉蚩尤为祖先，而神话中的上古战神蚩尤，牛头人身，背生双翅。

浸在馆内，听闻夜郎故地的传说，感受红色岁月的燃情，邂逅郑板桥亲绘的墨竹图，停驻在一个个瓷器、漆器、青铜器，一幅幅刺绣、书画，一件件服饰、首饰面前……时间打了结，生了香。

走出去的时候，我的心是满的。

观山湖公园，做一回临水看花人

1

贵州省博物馆西南约一千米的地方，是观山湖公园。既已至此，顺道去看看吧。

甫一进园，目光就被一大片橘色、红色、黄色的花夺了去。是虞美人！

天色有些阴沉，云青青兮欲雨。那一片鲜妍亮丽，明媚了初夏的傍晚。

不禁想起了两千多年前，那个叫作虞姬的奇女子。她又何尝不是，西楚霸王心壁上飘摇的那株出尘绝艳之花呢？

秦末，苛政猛于虎。不堪重负的劳苦人民纷纷扛起了大旗，中华大地烽烟四起。混乱之中，西楚霸王横空出世。

巨鹿之战，他破釜沉舟，大败秦军主力，创造了以少胜多的神话。

楚汉相争四年，他屡占上风，却因心高气傲，屡次放虎归山，以至于，后来被围垓下，上演了那出霸王别姬的千古悲剧。

那一夜，将军帐内，四面楚歌声。她执剑起舞，宛如天上仙。忽地，剑刃入了喉，血溅白衣。她旋转着倒在他怀里，自此，世间再无虞姬。

后来，她的墓上开出了一种花，红胜杜鹃，无风自摇，似美人翩翩起舞。人们认为是虞姬精魂所化，唤其虞美人。

霸王的神勇，天下无双，空前绝后。他是千百年来人们心中真正的盖世英雄。就连以写婉约词著称的李清照，提及他，都是“生当作人杰，死亦为鬼雄。至今思项羽，不肯过江东”这样的豪气干云。虞姬是他心底唯一的温柔所在，也是那个动荡灰暗时代的一抹亮色。或许是担心拖累了霸王，或许是怕沦于敌手失去尊严，她选择了提前结束自己的生命，留下一段英雄美人的爱情传奇供后人唏嘘。

不论成败，英雄就是英雄。高祖刘邦的成事之道固然值得学习，但这并不妨碍傲骨铮铮的西楚霸王世世代代受人敬仰。与其说，虞姬墓上的花是她精魂所化，还不如说，是后人把这种花赋予了虞姬的生命。虞美人早已不只开在虞姬坟头，它们散落在人间各处广袤的土地上。每当我们看到虞美人舞动的样子，总能想起千年前的虞姬，和她的英雄。

英雄主义，和忠贞的爱，在花开年年复年年中，永垂不朽。

2

偶遇虞美人，忍不住起了追思。回过神来，继续向前走吧。

公园大且静，观山湖是园子的主体。很快就行至湖边。湖岸建了健身步道，时不时有市民从身边奔跑而过。这是一处日常休闲的所在。

临水种满了花，此刻，是蔷薇和火棘的主场。

“我是好美好美的红蔷薇，只想好好爱一回。”每每遇着蔷薇，总能想起这句歌词。粉红色的花儿，娇艳，却难得的不俗气。沿着绿草丛生的小径通向水边，只身默立，独对蔷薇，仿佛眼前的花不是花了，而是展颜巧笑的多情女子。我亦不是我，是闲静时照水的花。浮生半日，让我也做一回临水看花人。花、影、我，俱为一体，无惧孤独。已绽放出一片丰盛，可同天地交欢，又何须自怜呢？

火棘悄悄开在另一处。雪白的小花点缀在绿油油的叶上，低调清雅。乍一看，和琼花有几分相似。听闻火棘花后结火红的果，灿若云霞，经冬不凋，到时又是另一番胜景。春夏雪白，送人清凉，秋冬火红，予人暖意，如此合时宜，真叫人不得不爱呀。

白车轴花长得挨挨挤挤。它们占领了一大片草坪，目送小路蜿蜒着伸向远方。小路看不到尽头，这支浩浩荡荡的送行队伍，也看不到尽头。送别送别，送君千里，能否不别。

白车轴草又叫三叶草。细细瞧来，确实是三片叶子。叶片呈心形，上有白色花纹。每片叶子，都被人们赋予了独特的含义，一曰祈求，二曰希望，三曰爱情。传说，十万株三叶草中有一株四叶草。从生物学角度讲，这不过是基因突变的结果。但在人类的精神文明里，多出来的那一片，就叫作幸福。所以，四叶草，也叫幸运草。

世间种种，凡稀缺的，总是更珍贵。愿你我，都能找到四叶草；愿你我，都是被幸运之神偏爱的那一位。

3

赏遍夏花之绚烂，我微微抬头，望向了远方。湖面开阔，湖心有一小岛，岛上绿树葱茏。天空飘起了细雨。不曾看到双飞的燕，只听闻湖心岛上传来交织的鸟鸣。烟雨朦胧中，绿岛雾气缭绕。那处独立水中央的所在，不知被哪位路过的仙人相中停留稍息了片刻。慈悲心一起，玉指轻轻那么一点，草木皆沾了仙气，连鸟鸣都变得婉转空灵起来。而我，亦在万物感召之下，于一吐一纳之间，将浊气换了清气，把不安和焦虑换了平静。

在山城中，有如此一大片平阔之地，鸟语花香，碧波柔曼，实乃贵阳人民的福气。这里虽犹处都市，却也有几分山野的幽静况味。累了，就来走一走，给生活翻个面儿，很快又能恢复元气。

严格来说，观山湖公园算不上什么景点，也鲜有游人。它是当地百姓生活的一部分。饭后携家带口散散步，或者独自奔跑挥洒汗水，抑或选一个晴日在花下读一本好书，都是对自己美丽生命的不辜负。

作为一个新世纪修建的年轻公园，它没有特别深厚的历史文化内涵，也很难说，这里有什么景观让人感觉震撼。但你会觉得，置身其间的每时每刻都是舒服的。这种舒服，来自自然环境悄无声息的浸润，足以让人留恋。“城市绿肺”“生态湿地”的意义不言而喻。

每座城都有自己的公园。每座公园都有自己的特点。逛一逛别处的公园，感受感受他人的日常，同时得以愉悦身心，皆是旅途中的妙事。

谢谢你，观山湖公园。

黔中有灵山

1

论起贵阳的必去打卡点排行，黔灵山公园绝对榜上有名。而且它的难得之处在于，当地居民和外地游人都喜欢。历史人文、生态自然、日常休闲，总有戳中你的点。几乎所有去过的人，都对这里好评满满。

早上睡到自然醒，和朋友唠唠嗑，化个美美的妆，然后不疾不徐拐进青旅后面的小巷寻觅美食。吃饱喝足，再搭一辆公交，优哉游哉晃到目的地。

公园门票 5 元，十分平价。穿过那座写着“黔灵山公园”的标志性牌楼，就算正式开启了“黔南第一山”的探索之旅。

2

初初到访，山脚下的模样，果然很公园。

爱好书法的大叔以地作纸，蘸水为墨，凝神运笔，尽情挥毫。常常有路人停驻围观，他不管，只顾低头写自己的字；不多时，先前所写之字便化作水汽随风而去了，他亦不理会，只是一个字接一个字地写下去。

不光习练书法，做任何事，“专注”二字，都尤为重要。大叔能不为外界所扰，为我们树立了榜样。“地书”这种方式，既可修身养性，又无须损耗纸墨，绿色环保，无形之中还能给他人带来启发，一举多得，值得提倡。

古式长亭里，音乐时而激昂，时而舒缓。两两搭伴跳着交谊舞的人们踮起脚，踩着节拍，旋转，摇摆。随着曲目切换，舞者们灵活变换着不同的舞步，充分释放自己的情绪。他们沉浸其中，早已忘记了年龄，脸上容光焕发，一颗心青春飞扬。

树荫下，有一排石桌石凳。人们聚集在此，四人凑一桌，打牌消磨时光。

广场上，文艺会演如火如荼，歌者听者皆忘情。

花褪残红青杏小。偶遇的杏树悄悄结了果，挂在枝头暗暗生长着。

那边又不知是谁家的阿狗，慵懒地横在路中央，兀自晒着太阳……

较之观山湖公园，这里人气要足得多。游人来来往往地走，当地人有条不紊地按自己的节奏生活着，热闹，却不乱。

从景致上来讲，不同于观山湖的平阔，黔灵山略显幽深。沿着石板路一直往前，便是七星潭。

你看，一座单孔石拱桥枕着林木葱郁的山，桥下是一汪深碧。水平如镜，倒映着绿树，绿的水，更绿了。翡翠绿中一点红，原来是那水岸的花。桥和桥的影，在山水间画成一个圆，画下了一片圆满。谁又是悠悠一朵云，投影在了谁的波心。

在美景中自在游走，不知不觉来到麒麟洞前。洞前的湖水，还是熟悉的绿。湖面上，一大片睡莲拥着夏日的光默然绽放。莲叶极其浓密，重重叠叠，浅橘粉的花乖巧地躺在叶里。一座仿古茶楼落在花前。不知每日有多少饮茶的人，或透过木窗，或倚着朱栏，将满腔心事寄托给这一池温柔。

3

黔灵山是猕猴的天下，很多人就是专程为了这些漫山遍野的可爱生灵而来的。

猴子作为和人最像的动物，极具灵性。如今在这黔灵山里称了王，自在逍遥得很。

它们或悬于树枝之上荡着秋千，然后猛一跳跃，就出现在另一根树枝上；或者在枝干上快速攀爬，不多时就蹿到了顶端，坐着啃一根香蕉。它们动作敏捷，身姿矫健。走在路上，常常不见其影，只能闻得头顶的树叶哗啦啦作响。

当然，单单在山林里撒野是不够的。还有很多时候，它们挡在游人面前，一副“此山是我开，此树是我栽，要想过此路，留下买路财”的架势。

若你刚好带了吃的，抱歉，这些美食不再属于你了。不管是什么，“山大王们”都能照单全收，不给不许走。喏，你看，那边有一位，正在享用上缴的“贡品”呢。瓶盖拧不开没关系，对准瓶底一咬，头那么一仰，香浓的奶茶就咕噜咕噜下肚了，全套动作一气呵成，可谓“快狠准”。

围观的人群瞪大眼睛，啧啧称奇，同时被逗得捧腹大笑。“山大王”早就见惯了这样的阵势，根本不屑一顾，气定神闲地蹲坐在栏杆上，自顾自享受着。喝够了，就轻轻一跃，回到路上，继续去巡山，寻找新的目标。

孩儿们，
你们是孙大圣的猴子猴孙吗？
不然为什么如此霸道？
嗯，
一定是有大圣在撑腰。
你看，
小孩都被吓哭了呢。
好吧好吧，
给你我的面包，
给你我的香蕉，
允我和你一起，
分享山中的清风和阳光，
可好，可好？

4

都说“山中无老虎，猴子称霸王”，走到动物园方知，原来这山中并非没有老虎，只是被关起来了呀。

一只白虎在营地孤独地踱步。突然一声咆哮，山林为之一颤。我心下一惊，驻足。到底是森林之王啊，即使身陷囹圄，依然拥有着震慑一切的力量。

和人相处久了，来看看动物是极好的。你可以放下所有的计较和衡量，以最本真的姿态去面对它们，因为，它们与你一样单纯。只是可怜这些被困在玻璃房内的朋友，失去了自由，便失去了生命里最宝贵的东西，大都郁郁寡欢。

相较之下，可以随便撒丫子奔跑的猕猴们要幸运得多。喜欢和猕猴这种自然和谐的相处模式。同拥一片山林，一起自在撒欢。

5

走累了，歇歇吧。

初夏，午后，山间。阳光穿过树叶的缝隙洒下一地斑驳。树荫下的长凳上，身着民族服饰的老奶奶正在缓缓把长发绾起。她的头发稀疏，青灰中夹杂着白。绾好髻，再用蓝布帕包好。几十年的岁月，仿佛就这么被掩在那方小小的布帕之下了。不知那时的她，有没有回忆起自己的青春年华。

我静静地站在一旁。仰头，叶儿轻轻晃着。

就这样，多待一会吧。

麒麟洞中囚麒麟，碧血丹心照汗青

1

麒麟洞不是一处寻常所在，因民国时期，张学良和杨虎城将军曾先后被囚禁于此，而成了著名的爱国教育基地。

陈列馆外布置了展板，展示西安事变的相关史料。陈列馆内则是简单恢复了两位将军在此生活时的场景。

当年的西安事变震惊中外，促成了国共第二次合作，开启了抗日民族统一战线，改变了中华民族的历史进程，这是我们从小就在课本里熟知的。这对国家，无疑是万幸。然而，西安事变的两位发起者，却为此付出了沉痛的代价，惨淡收场。

2

张学良将军是民国的传奇人物。他青年时期就在其父张作霖军中服役，后以第一名的成绩毕业于东三省陆军讲武堂。两次直奉战争，确立并奠定了其在东北军中的地位和基础。

1928 年张作霖出事后，作为“东北第一公子”，他顺利接掌东北，并宣布“东北易帜”，助蒋中正实现了统一梦。

1930 年中原大战，东北军是决定胜负的关键力量，成为交战双方的拉拢对象。他审时度势，准确把握出兵时机，站队南京国民政府，成了这场战争最大的赢家。战后，可以说他达到了自己的人生巅峰，受任“中华民国”陆海空军副司令，一人之下，万人之上，一时之间，风头无两。

那时候，春风得意的少帅，恐怕怎么也想不到自己的后半生，竟然会在囚禁中度过吧。念及此，不禁感慨，世事无常。

及至后来“九一八事变”，他错判时局，将东北拱手相让，迅速从云端跌落泥潭，成了当时为人所不齿的“不抵抗将军”。

再后来，抗日形势日趋严峻，他做了人生中最重要的一件大事：联合杨虎城将军，对蒋中正实施“兵谏”。就是这件大事，让他一雪前耻，成了万众敬仰的民族功臣。从此，历史记住了他，人民记住了他。

但是为了国家和民族的自由，他牺牲了自己的自由，放蒋回南京后，便被其幽禁起来，这一关，就是半个多世纪。从南京、奉化、黄山、萍乡、郴州、沅陵、贵阳、重庆，再到台湾，他辗转多地，颠沛流离。黔灵山麒麟洞，是见证过他阶下囚生涯的其中一处。

黔灵山环境优美，可失去了自由，终究是困在笼中的鸟。尤其是对少帅这样抱负远大、渴望报国的人来说，无法参与外面世界的风云变幻，只能任凭生命一点点流逝，是巨大的折磨。再美的风景、再平静闲适的生活，怕是也抚慰不了那颗波澜四起的心吧。

开始被囚禁的时候，还是豪情满怀的壮年，重获自由之日，已是白发苍苍的暮年。时移世易，沧海桑田，中国早已不是当初的中国。什么都变了。

无法想象，五十多年的漫长岁月，他是怎么熬过来的。回首往事，物是人非，内心又是多么无可奈何。经年之后，我站在这个曾经困住少帅的地方，都能深深感受到这穿越时光而来的万般悲凉，忍不住一声叹息。是非成败转头空，青山依旧在，几度夕阳红。游人进进出出，我却呆呆停留了许久。

3

那，在身陷囹圄的后半生，他后悔过吗？史料记载，张少帅在台监禁期间写过几份忏悔材料，但，是遵照蒋的意思所写，毕竟当时人在屋檐下，不得不低头。完全恢复自由后，他在公开场合发表的言论和当初写下的东西实在大相径庭。

他说："发动西安事变，我没有错。也许方法欠妥。"

是啊，我宁愿相信，他不曾后悔。也许有遗憾，但，无悔。

西安事变在某种程度上间接导致了国民党政权在大陆的败落。出于对各自产生的影响，海峡两岸对这件事的态度分化如黑白两极。一边是"千古功臣"，一边是"千古罪人"。蒋家父子对自己的失败耿耿于怀，把气撒在张学良身上，囚其半生，还斥责他打乱了国民政府的抗战时间表，破坏了充分备战后再迎战的国家战略。

其实，从蒋在台统治期间始终坚持"一个中国"原则，以及台湾对传统文化的保留传承，可以看出，蒋是有爱国之心的。我也相信，他最终一定会抗日。可是，先"安内"，国人实力损耗巨大，攘外结果如何，不敢想象。不愿仓促应战，想多争取时间，日本又愿意给时间吗？一切都要打上问号。

历史错综复杂，每个事件之间都有着千丝万缕的关系，产生的影响也是环环相扣。虽说没有绝对的对与错，只是立场不同。但因此给张少帅扣上“罪人”的帽子，确实有失公允。

于张少帅而言，作为国民党高级将领，他始终没忘记自己是一名军人。以下犯上，有违军纪，他心中有愧，因此，即使被囚半生，也无一句怨言。只是，没能亲自参加抗日战争，这对和日本有着深重国仇家恨的少帅来说，是莫大的遗憾。

可是，再次回到那年历史的路口，他还是会做出同样的选择。因为，他是那么深沉地爱着这个国家。不论是之前东北易帜，还是后来发起西安事变，皆因中国统一、枪口对外是他的一贯信仰。

“我们张家父子，若不是为了爱国，会有这种下场吗？”面对质疑，他晚年如是说。

少帅，到底是有血性的。

至于“九一八”的不抵抗，除了错判时局，多少还有些保存实力的私心。军队是军阀的安身立命之本。在明知自己很有可能打不赢，中央政府支持无望的情况下，他拒绝飞蛾扑火。一弹不发，丢了那片白山黑水，是他后来饱受争议最重要的原因。不论如何，造成了这样的结局，少帅有过，他自己亦很愧疚。但如果不这么做，会有更好的结果吗？我不知道。没有人知道。历史没有如果，孰是孰非，谁又能说得清楚呢？

客观来讲，张少帅，爱国之心毋庸置疑。他坦荡磊落，敢作敢当，从亲口承认“不抵抗”是自己下的命令，不甩锅给蒋，以及担起西安事变的后果都可以看出。他有侠义之心，亦对战火中的百姓有恻隐之心。对全民族而言，他功大于过。

4

虽然被囚半生，但比起西安事变的另一位主角，他还算幸运。

张少帅是含着金汤匙出生的军阀二代，后来更是和蒋义结金兰，同宋氏家族也关系密切，素有往来。西安事变后，还好有这些旧交情，命是保下来了。

杨虎城将军则不同。杨是刀客出身，从草根一步一步成长为国民党陆军二级上将，坐上 17 路军总指挥兼陕西省主席的位置，全凭自己的努力和英勇。

西安事变后，他被迫出国考察，一回国就被捕，接下来便是长达 12 年的监禁。国难当头的日子里，他多么想，在抗战前线抛头颅洒热血啊。可是他不能。他不被允许。他只能在集中营的囚室中忧心如焚。英雄意难平，然，束手无策。

更令人悲愤的是，国民党败退前夕，在蒋的指示下，杨虎城将军一家于重庆松林坡惨遭灭门。8 口人，无一幸免。杀人不眨眼的军统特务连小孩子都不放过，事后还不忘毁尸灭迹。

一代功臣，却落得如此结局。天地变色，草木含悲。

5

杨虎城将军被害 26 年后，蒋在台湾去世。少帅送上挽联：关怀之殷，情同骨肉，政见之争，宛若仇雠。又一个 26 年后，少帅病逝于美国夏威夷檀香山，与赵四小姐一起永远留在了那里。

属于他们的时代，彻底落幕了。是是非非，恩恩怨怨，都已在历史长河中风烟散尽了罢。

如今，我们作为后人，站在这片山河故地，遥想起那个战火纷飞年代里的那些人，那些事，不胜唏嘘。

中华民族曾经遭受的屈辱和苦难，不敢忘。舍身报国、为民请命的热血英雄，不能忘。

带着沉重的心情，怀着满腔的敬意，我穿过陈列馆对面的麒麟洞，走向外面的世界。溶洞内灯火斑斓，而我，早已无心欣赏。

云上贵州

1

已经记不清具体是在哪个位置看到那栋楼了。只是在老城区走着走着，蓦然抬首，“云上贵州”四个字的标牌闯入视线。

楼有些年头了。标牌上也染了灰渍。在暗沉的夜色下，显得更加老旧。当然，让我驻足的不是旧楼，事实上，几乎整个贵阳老城区都是如此的格调。只是“云上贵州”四个字，感觉似曾相识。

哦，想起来了。在手机上见过。之前购买过某 App 的会员服务，在苹果商城付费结算时，下方的落款，居然是“云上贵州”，那时候就有些好奇。后来发现，iCloud 中国内地的服务已经签约给云上贵州公司代为运营了，让人颇感意外。

2

印象中的贵州，虽然拥有着灵山异水，民族风情，却也一直没能甩掉相对闭塞的欠发达地区这个标签。和大山相依为命的地方，似乎总是比海岸线上占尽先机的城市慢半拍。

云上贵州是以贵州省政府为背景的国企，和国内三大互联网巨头之一的阿里巴巴有着深度合作。如今，受到苹果公司的青睐，建数据中心，代运营云业务，可以窥见贵州在大数据和云服务上的发展势头。

其实，在贵阳，尤其是新区，很轻易能瞥见大数据的影子。公园的展板上，大楼的屏幕上，都在宣扬“国际大数据产业博览会”“数据交易所”“数据中心”等，处处昭示着贵阳要打造“中国数谷”“大数据之都”的野心和决心。

这样的战略，无疑是富有远见的。我们每天从一睁眼，就开始创造数据。创造的这些数据被存在各种服务器里，若是能经过整理、加工、挖掘，将会被赋予新的价值，更好地服务人类。大数据，被称作“新时代的石油”。大数据产业，是当下科技强国的前沿阵地。

贵阳气候凉爽，连夏季平均温度都在23℃，是出了名的避暑胜地。同时，地势落差大，水电资源丰富，符合大型机房的散热和供电要求。

长期以来，深居大山，一定程度上造成了这里的闭塞和落后，而在作为数据中心这件事上，恰恰反过来，成了天然的地理优势。任何事物都有两面性，并不是非黑即白，某些地方失去的东西，往往会以另一种形式补偿回来。

政府具有远见卓识，提供正确的政策引导，亦是贵阳能够在这条路上快人一步的关键因素。这也为我们个人的发展提供了一些启示：关注社会动向，开阔视野，提前布局，便有机会赢得更多的可能性。

3

当然，数据存储只是底层和基础，数据应用才是后面要挖掘的重中之重。只是充当“世界机房”，位于产业链底端，能享受到的行业红利毕竟是有限的。路漫漫其修远兮。贵阳能否把握住新世纪的时代机遇，不断突破，我们拭目以待。

也许很快，当人们看到“贵阳”和“大数据”同时出现的时候，便不会再有诧异和反差感了。

长路尽处，可有人温柔守候

1

下山。

恰逢晚高峰。大大小小的车辆仿佛塞满了整个城市。一个个长方形的盒子在道路上走走停停。鸣笛声四起，混夹着嘈杂的人声。

急于回青旅收拾行囊奔赴下一站，匆忙之中，跳上了一辆路边的摩的。机车在拥堵的街区自由穿梭，如鱼得水。风从耳边呼过，说不出的酣畅淋漓。也有一些小巷，狭窄且挤满了密密麻麻的人群，连机车都只能一点点往前挪。倒也无碍，旅者的心情，本就应当是眼前的一切皆风景。既然躲不开，那就享受它。暗黄的建筑，晾晒在窗台外的衣物，分割天空划疆而治的电线，随手一拍，都有老胶片的质感。

2

就要和贵阳告别了。黄昏日落中，伴着夕阳的余晖，踏上下一段的旅程。方向，西南；路途，三百余千米；目的地，兴义。

向来喜欢靠窗的位置。喜欢头倚着窗，眼睛望向窗外，和外面广阔的世界做着无声的交互。

车子行进途中，人的思绪，极易随着弯弯曲曲的前路蔓延。眼前呼啦啦而过的万般景象，在你的不自知中，和记忆里的某些过往，以及想象过无数次的、关于未来的片段，产生着奇妙的联结与化学反应。你很可能不会记得自己想了什么，但是根植内心深处的渴望和抗拒，就像蒙了尘被擦拭的镜子，一点一点清晰起来。

天色逐渐暗沉。白昼正在有条不紊地收敛起它的光芒。我不知道自己是在山里还是山外。只知道，视线的近处是山，远处依然是山。

很快，青山开始只剩下轮廓了，像一张薄薄的剪纸，贴在漆黑的夜幕上。我路过村庄，村庄里稀疏散落着三五人家，灯火点点，像闪亮在天边的星星。我路过城池，城池里高楼座座，霓虹璀璨。

邻座的乘客已酣然入睡。车子内只能听到人们的呼吸声和发动机工作的嗡嗡声。渐渐地，我也有了些许困意。恍然间入梦。我看见，路的尽头，有人在温柔守候。

3

再次睁开眼的时候，已经置身在一座小城了。长途跋涉，总算是顺利抵达。或许因着橘色的路灯，或许还有别的原因，总之虽初次造访，心中竟也生出了几分归家的暖意。

时针指向了十一点。街边还有许多店铺亮着。路过的消夜馆里坐着为数不多的客人。隔着车窗，似乎能隐隐闻到啤酒和烧烤的香气。整座城市依旧醒着，却是安安静静地醒着，不喧嚣，不吵闹。夜色下的兴义，除了偶尔能看到带着“黔”字的招牌，很难发现与别处有何不同，寻常得让人丝毫没有身处异乡的生分。

同行的旅客依次被送达目的地，或带着疲倦，或带着满足，拖起行李箱消失在小城的各个角落。

对有的人来说，这是旅途的终结。对有的人来说，这是旅途的开始。旅行，就是你的生活，和我的生活，互相轮换着。

夜已深。道一声晚安。愿你，今夜好梦。

寻梦桃源，探秘布依古寨

1

靠近万峰林的那段路，有些灰扑扑，已经渐渐有了乡村的迹象。好在，日光下热烈绽放的三角梅点亮了路边的风景。

万峰林是喀斯特地貌发育的典型区域，名字很好理解，就是字面意思：许许多多山峰构成的森林。一座座锥状小山包被葱郁的绿包裹着，排布在两千多平方千米的土地上，挺立于广袤的天地间，气势浩大。大大小小的村寨散落在峰林内外，寨子中的人们守着几亩薄田，日出而作，日落而息，清简度日。

这是一个开放式景区，入口很多。下车后，沿一条小路，走着走着，便有了豁然开朗之意。

最早遇到的村庄，是乐立村。那里并非核心旅游区，因此鲜有游人，只是偶尔会和当地的老人擦肩而过。村子中，新盖的现代化小楼和破败的老屋并立着，能感受到，这个历史悠久的布依族村寨正在和外面的世界慢慢碰撞融合。

路过闻县长故居，这是一个百度上都查不到的地方。一张告示牌简单介绍了人物的生平和事迹，大概就是曾经一位小有成就的乡民。人们为纪念他，把这座故居保留了下来。如今的故居破败不堪，房梁的木架构裸露在空气中，仅剩的两面外墙斑斑驳驳，房中院中杂草丛生。看样子，早已无人维护了。我不知道，它还能在这里存在多久，也许很快，就会消失在历史的尘烟中。惜之叹之。

2

踏上那座古老的石桥，桥的另一头仿佛传来了清亮的歌声。听说，热情洋溢的布依青年男女们，就是在桥上“浪哨”。

三月三来天气新，春回大地日光暖。千年的老榕树把根深深扎进泥土里，再把枝叶拼命地伸向天空。青石板桥被风雨打磨出了光阴的况味，桥身和蓊郁的草木痴痴交缠。纳灰河穿桥而过，缓缓流淌，如一条翡翠绿的玉带蜿蜒向远方。身着盛装的布依男女们背对背，你一来，我一往，羞答答唱起了情歌。阿妹哎，我对你朝思暮想，阿哥哎，你就是我最俏的如意郎……

在布依族，若是不会唱歌，怕是要吃大亏的。

乐立村户户门前种花。午后的寨子，大多数时候静得不像话。偶尔听闻一阵爽朗的笑声直直突破房顶的限制冲向云天，原来是村民在划拳。乡居的日子，有农忙，也有闲适。

不知不觉走了许久。在将军桥附近，寻一处带着小院的客栈住下，窗外的三角梅浪漫了初夏记忆。

3

骑电瓶车，在各个村寨间自由穿梭，是万峰林的必备项目。

大片大片的田野在面前铺展开来，画面的背景青峰林立，灰瓦白墙的民居依偎在山脚下。阡陌小路，纵横交错，在每个岔路口不经思考，由着心情随意选一个方向，于一次次的峰回路转间，切换着观赏这幅山水田园图的视角，任何一个，都是浑然天成的美不胜收。

风穿过田野，掠过发梢，在耳畔呢喃。发丝飞舞，一如你张扬的青春。多么希望，就这样一直一直走下去。

纳灰河穿起了散落在万峰林的九个布依族村寨，人称“安平九寨”。下纳灰是其中最负盛名的一个。下车在村子里闲逛。

古桥、古树、古屋，成全了布依寨的古意。路口的大榕树已经走过了千年的岁月，盘虬卧龙，饱经沧桑。苍绿的叶晃啊晃，鸟声叫碎的阳光从天而降。树下的老人卖着自家的枇杷，竹柳箩筐里，黄灿灿的果越发金黄。快来快来尝一尝，让甘甜的汁液为你带来一丝夏季的清凉。

碧绿的溪水边有人在浣纱，榕树果掉落在河边和水面。

也有布依族老人身着民族服饰坐在桥头，就像一幅无言的古画。他们大都不会吆喝，甚至说不好普通话，只是静静地守着自己筐里的农产品，等待路人驻足。

广场的年轻人唱起了歌，放学的女孩背着好看的小小背篓在一旁当起了听众。

这个寨子，就这么自然着，生活着。

夕阳西下。不远处的青山被笼上一层橘色的光晕，显得格外温柔。我循着光，迈向田野。

此时，此地，应当有爱情发生。

遇见你的时候

青山青

溪水长

希望的田野上

欢快的歌谣在飘荡

我伫立日暮不愿归去

你以为我是恋着夕阳

其实

我只是贪恋你笑意盈盈的目光

从此

我路过的风

都有了你的模样

——从此，我路过的风都有了你的模样

那一天，关于万峰林和你

1

我不知道，将军桥的蛋炒饭事业是如何发展壮大起来的。总之，去的人都要吃。

蛋炒饭这样一种放眼四海皆有、普通得不能再普通的食物，愣是被做成了万峰林的一块特色招牌。带着满满的好奇心，穿梭在蛋炒饭一条街。

天色暗下来了。烟火升起来了。兴奋了一天的人们，迫切地需要犒劳自己咕咕叫的肚子。

“来一份。”

“我要两份。”

“好嘞！”

大铁锅就支在店铺门口。师傅抡起铲子娴熟地翻炒着金黄的米粒。

偶尔握着锅柄轻轻一抖，米粒们就被纷纷洒向天空，再一颗颗如数落回。这一起一落间，颇有隐藏民间的武林高手掌下暗藏玄机之架势。

看客们津津有味，食客们更是一脸满足。喷香饱满的苞谷饭躺在豪放的不锈钢盆里，在秘制糟辣椒的加持下更诱人了。再配上几碗小菜，水煮南瓜、酸汤豆腐、凉拌土豆丝、凉拌木耳、腌白萝卜……清爽可口，怎能不叫人食欲大增。

万峰林蛋炒饭的秘密终于是揭开了。

2

有诗云，欲穷千里目，更上一层楼。身在峰林脚下，体会到的是一种美，登上高处俯瞰，又是另外一种视角。

翌日，带着价格不菲的门票，随着浩浩荡荡的游客大军坐上了景区观光游览车。观光车道在半山腰，沿途设置了多个观景台。车子在每个观景台短暂停留后，匆匆驶往下一站，颇有些走马观花的意味。导游的声音准时在每个景点响起，游客们大都听得漫不经心。我亦只是零零星星记着一些片段。

其实“锦绣田园”也好，“众星捧月”也罢，还是“将军峰”“大顺峰”“八卦田”，都是踏足此地的前人赋予它们的意义。峰林乃天地自然化育而来，千姿百态，组合随意，你看着是什么，那便是什么，不必拘泥于前人的观点。万象皆由心生。尽管天马行空地想象好了。你在观景的同时，眼前的景致亦是一面镜子，会助你照见自己。如此，也算不辜负这一场遇见。

脚下的峰林一望无际，蔚为壮观。田园和村寨恰到好处地点缀其间。如果说真的存在世外桃源，那这里便是。

3

环游一圈，再次回到原点。景区入口附近的小吃街人潮涌动。罢罢罢，实在无心凑热闹。买了一些叫不上名字的、甜甜的糖离开。我想，还是一头扎进田野的怀抱吧。

已经恋上了下纳灰，恋上了这里的返璞归真。此刻开始，不去别处，就漫步在田坎上。

向来对土地知之甚少，因此田里的蔬果也未能尽数识得。还好，在老张的帮助下，我开始叫出它们的名字，也逐渐了解了稻田如何育苗、如何插秧。土地是养育一切生命的根本，站在泥土里，就会明白“脚踏实地”的含义。对于土地的伟大和生命的神奇，我们应当常怀敬畏之心。

“生活不止眼前的苟且，还有诗和远方。”这句话太过耳熟能详了，以至于我都不敢轻易写在自己的文字中，生怕落了俗套。如今，当我们真的置身其中，它的美丽与震撼，果然对得起曾经无数遍的渴求和那些心心念念的日夜。闭上双眼，且听风吟，万念皆空。

可是，这片田园，于你我而言是难得一遇的风景，于耕耘在田间的布依族老人而言，却是日复一日的生活，是体力劳作的辛苦。好在，没有被过多欲望捆绑的他们，脸上尽是祥和。很有可能，他们并不知道自己身处诗与远方的田野，也不曾想过去远方的远方看看，只是守着寨子里的日朝月夕，过得简单而平静。谁又能说，这不是一种幸福呢？

我们亦是幸运的。经历过城市生活的兵荒马乱，所以更加明白山水田园的难能可贵，也更加懂得，要珍惜此刻。

徜徉在田间地头，时常像个孩子一样蹦蹦跳跳。看，不知那边是谁家种下的青辣椒，偷偷摘个尝一尝，竟然是清甜的味道。

就沉醉在这里吧，我才不管何处是归路。

4

夜幕渐渐升起。静的村寨，更静了。

坐在客栈小院的木椅上，面前是山峰和田野，不远处火光摇曳，烟雾袅袅。

今夜，想为你写诗。

山野千里
风送来蝉鸣蛙唱
月色无边
撞碎了我的寂寞
想必也撞碎了你的
有灵魂随烟雾升腾
高高地站在山岗之上
没人能分清那是你的还是我的
也无须分清
别说话
你看
黑的夜
不黑了

——黑的夜，不黑了

此行欲往何处？踏仙洞，入龙宫

1

离开万峰林的时候，那里一切如常。布依老人已经开始了新一天的劳作，有小孩在田间奔跑。鸡鸣犬吠，这首宁静祥和的田园牧歌依旧在缓缓奏着，却与我渐行渐远。万般依恋，心下不禁多出了几许离愁。

或许，以后只能在记忆中寻寻觅觅了。

几经辗转，终于坐上了大巴车。意外地发现，大巴上可以扫码充电。贵州的旅游基础设施已越来越完善。从兴义到安顺，沿途的风景在白日里清晰而明朗。连绵不绝的山峦在流动的云雾中若隐若现，被晕染成了一幅写意山水画。若遇着平阔之地，还能见到牛羊和放牧人。旅途劳顿，我于半睡半醒间，捕捉了一些可供存储的美丽画面。

车上外地游客极少，大都是本省居民。途中亦没有设置标准的过路站点。因为对当地不是很熟悉，加上和司机沟通不及时，不慎坐过了站，未能按计划在黄果树下车。过了，就过了吧。坦然接受已经发生的事实，最美的风景在路上。

2

抵安顺，已是下午。换乘了前往龙宫的巴士。

龙宫和黄果树瀑布相去不远，虽不及后者声名远播，风光景致却毫不逊色，值得一去。它创造了多个世界之最：世界最大、最多的水旱溶洞群；天然辐射率最低的地方；拥有最大的植物汉字景观“龙字田”……

车子在崇山峻岭间走走停停，时常一侧是陡峭的崖壁，一侧是深深的山谷。也路过村庄和人家，不断有乘客上上下下。二三十千米的路程，总算是在一个多小时后走完了。

初入景区，触目都是“贵州式”幽深葱翠的景。踏过临湖古木奇花相迎的石板路，经过不见其影、先闻其声的飞流暗瀑，穿过狭窄逼仄、不见天日的山间溶洞，我站在长长的队伍末尾，对接下来龙宫探秘的重头戏望眼欲穿着。

围栏外，高挺的青山脚下开着一个小洞，碧绿的水面在阳光下泛起了波光。小船一只接一只，拖着各自的白练驶进了那个隐秘的入口，再一只一只地驶出来。等待，等待，又等待，终于有一次，我也坐在了船上，不再是岸边的看客。

想起了《桃花源记》。“林尽水源，便得一山，山有小口，仿佛若有光。便舍船，从口入。初极狭，才通人。复行数十步，豁然开朗……”这段关于入口处的描写，和此时此景，刚好吻合。溶洞被斑斓的灯光映照着，形态各异的钟乳石从上方垂下来，岩壁湿答答的，行在水上，处处显得幽冷魅惑。是大自然的鬼斧神工，造就了这片山水奇观。

很快，到了洞穴宽阔处。“龙宫”二字，叫得如此恰当。眼前的景象和西游记中的龙宫开始有了重叠。洞内数十万年间形成的一切，像极了当年花果山水帘洞美猴王齐天大圣孙悟空大闹借宝的地方。

私心想着，吴承恩先生一定游历过无数的名山大川，见到过类似的场景，再加上瑰丽大胆的奇妙想象，才能构建出一个天上地下、无与伦比的世界，才能留下这样的传世巨著。

继续深进，有一条长长的洞中水廊，再往前，一个小小的洞口出现在视线里。眼前一片黑。唯有洞口处填满了外面的光，是亮的。心情突然一阵舒畅，不自觉长嘘一口气。

本就是来欣赏别样风景的，缘何会有如此的心态变化？后来回想，大概是因为，长期在幽暗中前行，忽而看到了光亮，这样的场景就像，独自走过生命中某段幽暗的岁月，在几近绝望时，看到了重见光明的希望。联想和代入感，触动了情绪的开关。

从洞口驶出，又是另一番天地。此刻遇到的，应当是古剑奇谭。我仿佛看到，一袭白衣、遗世独立的武林高手从青山围合的空中翩然落下。他足尖轻点水面，悠悠然吹起了笛。一曲毕，飞鸟静，白云遏。

船掉头折返。我带着这个，和深谷幽潭短暂交会而生出的梦，渐渐驶离龙宫。

3

除却水溶洞，这里还有诸多旱溶洞。若说水溶洞是龙宫，那么旱溶洞，则是各路妖神的府邸吧。所以我在想，此刻踏足的洞府，是紫霞仙子的盘丝洞呢，还是青丘白浅的狐狸洞？轻轻问一声，只有回音，没人回答。每一根石柱的形态都不一样。你看，这边是护卫，那边是屏风，还有那边是石床。恍然间，自己就是这片山头最大的王。

在景区内四处流连，不觉日薄西山。天色渐渐完全黑了下来。过狭长的山洞之时，只有自己的脚步声和幽幽冷光作陪，玄幻片的氛围越发凸显，空气开始变得紧张。更有大段的路程，少见行人，没有灯光。风吹过，树叶沙沙作响，一瞬间，草木皆兵。

有些害怕。壮着胆快步向前，不知走了多久，终于看到了出口处的灯光。幸好，安全抵达。

在两个志愿者姑娘的帮助下，拦到辆出租车回安顺市区。虽折腾一天，一路上却因精神紧绷，毫无困意。直到再次身处城市，心里的石头才落地。谢谢那些善良的人儿。不过，往后还是要做些时间规划的，安全第一。

下车，好吃街顺便一游。点了烙锅，就用它来抚慰自己踏仙洞、入龙宫、曲折又刺激、有惊喜也有惊吓的一天吧。

黄果树，我同时光握了下手

1

若你惦记着什么地方，总是要去寻它的，比如前一日错过的黄果树瀑布。这个曾在小学课本上出现过的地方，有太多人慕名而来。

“飞流直下三千尺，疑是银河落九天。”那道从绝壁处腾空而下的大瀑布，和庐山瀑布比起壮阔来，可是有过之而无不及。它的身影，早已深深根植在人们脑海中，成为贵州最具代表性的一张名片。

当然，黄果树并非只有大瀑布，它拥有着多个瀑布组成的瀑布群。天星桥、大瀑布、陡坡塘，这几个主要景点，通过景区大巴相连接。

2

初入天星桥，一尾小瀑布从转角处的山石中钻出来，热情迎接着八方来客。顺着游览路线一直往前，就到了数生园。

一块块石板在水面突出，形成一条水上小路。石板分别刻着一年的365天，一步一步踏过，就好像走过一日一日的光阴。游客极多。被人群裹挟着向前，没有回头的余地。石板窄小。每一次下脚，都要小心翼翼，否则可能落入水中，成为众人的笑柄。同时在这个过程中，还要忍受因前一日吃错东西而导致的身体不适。

这条路，像极了人生。

可纵然曲折不易，猛一抬首，还是发现不知不觉间，自己已经走了那么远。

而周遭的风景，用心体会，其实也妙趣横生。被包围在嶙峋怪石当中，如同置身迷宫一般。你幻想着眼前的山石会有怎样的故事，也好奇着，下一个转角将会遇到什么。

青黝的岩壁总有大片大片的仙人掌从缝隙中伸出来。没错，是仙人掌。一直以为，成片的野生仙人掌都是长在沙漠的，不承想，今日却在如此缺少阳光、缺少土壤的环境中遇见了它们。饱含热血的种子，不论落在何处，都要奋力生长，倔强地对抗着命运的不公。我会记住它们——那些顽强不屈、令人敬畏的生命。

园中常见的，还有枯藤老根。粗粗细细的根须布满山石，见缝插针地汲取着贫瘠土壤中的一点点养分。枯藤从地下向上攀升，望不见头。眼前的景象，一派苍老天真，总能让人想起神话剧中修行万年的树妖。它们往往像个脾气古怪的老小孩，时常以藤为道具，调戏着误闯自己地盘的行人过客，逗乐解闷。

另外，在山间穿梭，你会发现，巨石之间的空隙，往往插满了大小粗细不一的小木枝。偶遇的驴友说，那叫“支山”。民间传言，木棍支山，腰腿不酸，支山能帮人挺直腰杆。同时，这也是一种祈福方式，祈求山神保平安，祈求自己诸事顺利有靠山。我若有所思地点点头，不自觉直了直腰杆。

行至天星湖，视野一下子开阔了许多。据说，这里是西游记中二师兄动不动就念念叨叨要回的高老庄。如今作为服务中心和歇脚点，人们都忙着在此买些零食饮料补充体力，倒也无暇顾及高老庄的传奇了。

过天星桥，开始进入天星桥景区的后半段。山、石、水、树，风光奇秀。一路徒步，还是有些考验体力的。带病出行，身体在抗议，眼睛和精神在享受。空气中夹杂着一丝凉意。初夏，微冷，避暑胜地名不虚传。好在有从驴友处借来的外套，抵风御寒，带来温暖。

前方，两山之间，一座石桥浑然天成。我行过许多地方的桥，却没有哪一处像这里的苍劲稳重，野性不羁。这份未经雕琢的原始和古朴，极易唤醒人内心深处返璞归真的渴望。指尖轻轻抚过桥身，我同时光，握了下手。

沿着山路上上下下，水声渐响。银链坠瀑到了。这是目前为止看到的第一个较大的瀑布。地形如三面围合的漏斗，水行至此处，从不同方向汇聚，一股脑注入低谷，声势浩大。细蒙蒙的水雾弥漫在空气中，润湿了皮肤，更添清凉。水穿过谷底，继续奔流不息。障碍也好，沟坎也罢，都阻挡不了它的一往无前。这就是韧性。我们也随着水流继续向前。

水势渐缓。一幅静美的森林小溪图映入眼帘。溪水哗啦啦唱着歌，蹦蹦跳跳地越过石林。两岸无尽的绿给予了它最长情的陪伴。水中石本冷峻，却因覆着青苔而显得生机勃勃。我坐在老榕树的藤蔓上，用相片，留住了这一湾清溪的梦。

3

不记得又走了多久。反正一路都在想，怎么还没到。通往乘车点的路，有点漫长。好在可以跟小伙伴聊些童年的趣事，最后撑到了胜利的时刻。下一站，大瀑布。

尽管这个画面已经在脑海中想象了无数遍，站在它面前的时候，还是觉得震撼。大瀑布其势如万马奔腾，其形如白练当空，其声如狮子怒吼。水入犀牛潭，激起千层浪花。烟雾升腾，萦山绕水，更添几分仙气。

百闻不如一见，所言非虚。再好的镜头，也比不过人眼。更何况，现场获得的是360度全感官沉浸式体验。

不过，一旁的驴友还是问，为什么有些照片比看到的更美？对于这个问题，我想说，除却赏景时机，另外就是，相片上的风景经过剪辑和过滤，只留下了最精华的部分。而现实中，精华部分的美景虽一样，但往往混杂在乏味的日常影像中，这些琐屑日常会稀释人们对于美的体验。比如此时此刻，壮美的大瀑布旁边，是挤满了人的观景台。喧闹的人群，路旁的垃圾桶，都会冲淡大瀑布所带来的美感。

什么叫文学艺术家？文学艺术家就是对美更敏感的那类人。他们能快速从普通事物中挖掘出有趣的部分，并把它放大，呈现在人们面前。文学艺术家不一定多愁，但一定善感。

事实证明，若有双善于发现美的眼睛，并自动过滤掉无趣的部分，更容易获得快乐和满足。不信的话，你也来试试吧。

4

到陡坡塘的时候，天空飘起了细雨。一路走来，一如既往地洗眼洗肺。陡坡塘瀑布，就是电视剧西游记中唐僧师徒四人走过的瀑布。此时游客寥寥，倒是可以静静地发一会呆，感受自然之声。

就要离开黄果树了。买些黄果带上吧。

如果说，对于这里还有什么遗憾，大概就是，没有看到犀牛潭的彩虹，未能进入美猴王的水帘洞。

无妨。人生不如意之事十有八九，遗憾本就是生活的常态。此行已经收获了太多，又怎能奢求处处圆满呢。况且遗憾，才有了再次相见的理由，不是吗？

本次旅行即将落下帷幕。明儿一早启程。

除却万千风景，我会记得，贵阳夜市一起吃消夜侃大山的人，万峰林大太阳底下被我带领着无数次走错路却不嫌弃的人，安顺青旅凑巧同一时期被不同的裹卷误伤、肚子痛还一起抱着热水壶聊到深夜的人，龙宫外为我加班保管寄存行李毫无怨言、还给予热情帮助的人，黄果树的丝丝凉风中为我送上外套的人，晚上围成一桌一起用塔罗牌推测未来的人，还有，载我穿梭在车海的摩的司机，问要不要去她家吃饭的布依族阿姨，看我身体不适便亲自动手铺床的青旅老板娘……

黔山贵水，以及这一路遇到的新朋旧故，珍重。我们来日再重逢。

第四辑　故乡何处，原上黄土

走之前，他对我说：“如果还能活着，我想去你生活的城市看看。”可是，没有如果了。有时候，恰恰就是因为我们的自私和忽视，才会让自己的亲人抱着遗憾离开。

那时候，我突然意识到，人是真的会死去的。

吾自故乡来，小记故乡事

1

普天同庆的春节长假，连同上一年的悲喜得失，一并在噼里啪啦的爆竹声中，迅速走向了终结。年还没有过完，散落在祖国各地的大部队又开始了新一轮的迁徙。昨儿整整一天，搭乘火车、飞机、高铁，几经辗转，我终于再次站在了苏城的土地上。

雨一直下，虽已立春，江南依旧寒意凛冽。冷风蚀骨的夜，拖着沉甸甸的行李箱，等那辆许久未到的末班车。终于，在众人望穿秋水的期盼中，它姗姗来迟。人潮瞬间涌向车门。

在混乱中挤上车，找一处角落坐下。我看见，整个车厢被迅速塞满。目光所及，人头攒动，黑压压一片，像沙丁鱼罐头一般。

彼时，我的心底升腾起一种，说不出的悲壮。

回到有些清冷的屋子，夜已深。来不及把行李安置妥帖，便去休息了。因为第二日要早早起床，回归到正常的生活轨道。

2

想起了前日，我还在村里，和家人一起，跟着秧歌队走街串户。秧歌队到哪一户，哪户人家的屋子里就挤满了人，乡亲们叽叽喳喳拉着家常，热火朝天。院子里，秧歌唱出的，是对新春的美好祝福和祈愿。威风锣鼓队员，身着鲜亮的红黄色队服，脸上洋溢着节日的喜庆，每一记敲下去，都是铿锵有力。还有傍晚，在人声鼎沸的食堂里，那顿久违的大锅饭。

从红红火火到冷冷清清，不过短短一天，却恍若隔世。好在，我很快就适应了这种清冷。

一个人坐在书桌前，万籁俱寂。不过也只有在这样的时候，才会在脑海里翻阅近来发生的一切，以捕捉一些蛛丝马迹，留下只言片语。或许是故乡的暖气太过舒适，亲友太过热情，安居在家的日子，难免有些慵倦，也懒得去思考什么。而寒冷使人清醒。孤独，亦使人清醒。

3

中国年，团圆年。过年最大的意义，在于团聚。记得回家第一天，便被母亲拉着开启了“试装大会”。我们娘仨兴高采烈，互换衣服穿。尤其是母亲，把她攒了一年的宝贝通通拿出来，迫不及待地往我身上套，一件又一件，不厌其烦，还一边拍照，一边乐呵呵地说着“好看，好看……”笑得合不拢嘴，像个吃到糖的小孩。这样的“试装大会”，已然成了家里的惯例，年年如此。

大年初一，去了白马仙洞方得知，想看的玻璃桥和溶洞因假期未开放。但这并不影响我们游玩的心情。随遇而安，是快乐的秘诀。

见到了久违的冰湖，在上面走一走，溜冰、打闹的少年，把我带回了从前。动物园，矮房里关押着一匹落单的狼，人们在门外对它耀武扬威，而它两眼森绿，充满警觉，在狭小的空间里来回踱步，寻找一切可能逃脱的机会。它本应当是笑傲山林的，如今，却被囚在这方寸之间，成为众人的笑谈。不禁对它产生了深深的同情。

小心翼翼地走过冰雪铺就的楼梯，登上半山腰。一棵老树傲然挺立。抬头，光秃秃的枝干几乎要铺满整个天空，苍凉而雄壮。还好有人挂上了许多红色小灯笼，才把这片沧桑的土地点缀得有些喜庆。

大年初三的灯会，亦充满了惊喜。布置灯展的园子，是这片粗犷土地上的一处精巧之所。冰冻的池塘里，锦鲤灯和莲花灯交相辉映，古色古香的长亭入水，远观，有几分江南的意味呢。

展现山西庙会场景的灯组，则惟妙惟肖，栩栩如生：跑旱船的，担花篮的，转手绢的，舞龙舞狮的，敲锣打鼓的……应有尽有，他们和着音乐缓缓舞动，有趣的画面让人忍俊不禁。

还有其他各式各样的花灯，既因地制宜，又体现了地方民俗，看得人眼花缭乱，应接不暇。真是未到元宵，便已提前感受了火树银花不夜天的璀璨呀。

4

回忆半晌，有些累了。煮一锅钱钱稀饭吧。

我喜欢煮得时间久一些，这样，熬出来的汤汁，是略微的胶状，汤色则灿黄透亮。轻轻一嘬，谷物特有的香甜便萦绕在口齿之间，然后缓缓流入心田，淡淡的，却余韵悠长。

米和钱钱，自故乡而来。小米是自家种的，钱钱也是自家捣的。

离乡的日子，去超市买过小米，可总归吃起来有些寡淡。熬出来的汤色，也有些发白。于是这次，我把故乡的味道塞进行李箱，带在身边，即使不远万里，山水迢迢。

将黄豆煮半熟捞出，放在表面光滑的青石上，用铁锤砸扁到铜钱薄厚，晾干后储存，便是钱钱的制作方法。因其形状像古代铜钱，故而得名。

相传，五胡十六国时期，后赵的建立者石勒行军至离石西北，适逢大旱饥荒。兵士无以为食，遂偷盗、抢掠百姓财物。石勒整顿军纪，命兵士采榆钱，掺小米熬成“钱钱饭”饱腹，还用“钱钱饭”赈济灾民，帮当地人渡过灾荒。后百姓感念其功德，为之立庙。祭祀之日，供奉“钱钱饭”。因榆钱春季才有，其他季节便以黄豆捣扁代之。“钱钱饭”逐渐流传开来，延续至今。

“钱钱饭”在其他地方不常见，但在吕梁地区和陕北地区，几乎是家家户户每天必吃的家常饭，可以说是“生命之饭”了。对于长在黄土高坡上的人们来说，辛苦劳累一天回到家，喝上一碗稀饭，那可比吃什么山珍海味都要来得畅快。

我就是喝着稀饭长大的。

小时候，也曾在窑里看着外祖母捣钱钱，好奇怎么可以一锤一个准儿，砸下去几颗刚刚好。自己试一试，动作不够麻利就算了，偶尔还会把豆子弄飞，很快就被嫌弃，下岗了。

也曾在春天，和小伙伴们一起摘过榆钱。榆钱是可以生吃的。从树上摘了，都不洗，直接塞嘴里。新鲜榆钱翠绿饱满，营养丰富，味道清甜，是大家都很喜欢的零食。

如今，这些都已成为非常珍贵的记忆。

5

稀饭好了。光闻着味道，就已垂涎三尺。赶紧盛上一碗。

春寒料峭的时节，能喝上亲手熬的、热气腾腾的稀饭，真是再惬意不过了。

谢谢，来自故乡的温暖。

深夏里，起秋思

1

果然，立秋了。

不知从何时起，我对物候变化，竟变得如此敏感。

前几日，有次下班回家。甫一下车，一阵凉风忽然卷地而起，吹得树叶哗哗作响。几片落叶在风中飘零，飞舞了片刻后，缓缓地掉落在我的脚边。

抬头，又见那株熟悉的梧桐。

记得初夏来临的时候，我曾在这里，小心翼翼地捕捉着夏日的气息。那时，叶儿经过春的成长，开始盈满生命的汁液。颜色也由新绿渐渐变为深绿，青翠欲滴起来，迸发出蓬勃向上的力量。而此刻，连日的暴晒下，叶片开始有些干枯，耷拉下高昂的脑袋，边缘微微向内卷起。还有那么一撮，已经泛黄，在风中瑟瑟着，随时都有可能脱离母亲的怀抱。

毫无意识地，脑海中蹦出一个字，秋。一瞬间，有些愣神。

明明艳阳还高高挂在一碧如洗的晴空里，明明深绿深绿的树叶还肆无忌惮地招摇在林木的枝干上，明明满池荷花犹有擎雨盖……

明明一切都还是盛夏的绚烂模样啊，怎么就，秋风乍起了呢？怎么就，落叶飘零了呢？

2

流年似水去，总是太匆匆。一种时不我待的思绪从心头涌起。如同古往今来，无数的文人墨客一般，毫不免俗地，生了悲秋之意。

对自己的变化，有些许惊诧。

从小到大，我实在算不得是一个多愁善感的人。陪家人看电影，母亲和小妹早已被剧情感动得泪眼婆娑，我还波澜不惊，端坐如磐石；十六岁外出求学，毫不犹豫地说，我要选个离家远一点的地方；独自栖在千里之外，平日里，总也想不起来给家里打个电话……

为此，母亲没少批评我。她曾语重心长地对我说："总有一日，你会懂得，什么叫作乡愁……"每次，我都是嘻嘻哈哈打着马虎眼，一副满不在乎的样子。

即便是后来，开始侍弄侍弄文字，也不喜那些太过悲凉的意象，极少生出愁、怨、痴、恨的情绪。

我喜欢的秋诗，是"自古逢秋悲寂寥，我言秋日胜春朝"；是"随意春芳歇，王孙自可留"；是"岁华过半休惆怅，且对西风贺立秋"……

我信奉的人生态度，是"埋骨何须桑梓地，人生无处不青山"；是"两脚踏翻尘世路，以天为盖地为庐"；是"白日放歌须纵酒"；是"何处春江无月明"……

写字只是去保持对生活和美的感知，记录下生命里一点一滴的感动，好在八十岁，记忆消退的时候，再回首，可以清晰地看到自己来时的路，不至于空对杯中旋转的残茶，满怀遗憾地了此余生。

3

到底是年少不识愁啊，尤其不识乡愁。

就这么自顾自地快乐着，享受着远方的新奇与繁华，却从来没想过，我们与父母、长辈，就像站在抛物线顶点的两侧，随着时间的推移，生命指数发生着截然相反的变化：我们在一天天长大，而他们，在一天天老去。

如同我站在夏日的艳阳里，总以为时间，还很长，秋天，还不会来。

猝不及防地，梧桐叶，落了。我的姥爷，走了。他的生命，像这梧桐叶，就在我以为的还很早中，枯萎，飘零，迅速地走向终结，归于尘土。

走之前，他对我说："如果还能活着，我想去你生活的城市看看。"可是，没有如果了。有时候，恰恰就是因为我们的自私和忽视，才会让自己的亲人抱着遗憾离开。

那时候，我突然意识到，人是真的会死去的。但是死亡的含义，直到参加姥爷的葬礼，我想，我都没有真正明白。

是在后来，回家的时候发现老宅已经空荡荡了，透出阴森和冰凉的气息；是梦中慈祥温和的笑容重现，睁眼却发现不过是一场虚幻；是打开手机通讯录，不经意看到熟悉的一行，却发现电波那头早已没有了熟悉的声音；是水果店看到一篮草莓，却发现很久很久以前，在小院摘草莓的小孩，和那个种下草莓种子的老人，都已随风走远……

白云苍狗，世事无常。逝者已矣，生者如斯。

时间远比我们想象中流逝得快。亲人，也远比我们想象中老去得快。

回头看看吧，长辈家人啊，也许早已皱纹满面，垂垂老矣；回头看看吧，父亲母亲啊，也许早已不再年轻，两鬓微霜；回头看看吧，他们都在等你呢。

4

昨夜，蝉声犹未落，寒蛩不住鸣。聒碎乡心梦不成。

起风了。立秋了。

是时候，写封家书了。

回不去的中秋，一轮明月，一纸愧疚

1

今日中秋。

仿佛昨天还在感慨秋的来势汹汹，一眨眼，秋天业已走过了一半。只是，月圆，人难圆。我还是像往常一样，在异乡，一个人过。

倒也谈不上有多悲凉。因为早已习惯。毕竟快十年没在家过中秋了。

你想要追求一些东西，就必须舍弃另外一些东西。这是铁的定律。没有人可以什么都不付出就得到一切。就好像，你享受了单身的自由，就没法享受两个人的甜蜜。同样地，拥有了恋爱的美妙，也别整天嚷嚷着放浪不羁爱自由。那些日子过得很拧巴的人，很大程度上，是因为太贪心。

一个人过节，也要好好过。生活总要有点仪式感，才会觉得有些盼头。午后，阳光正好，微风不躁，出去走走，想必是极好的。待夜幕降临，一轮圆月升起，再举杯邀明月，对影成三人。如此，也算没有辜负这片良辰美景，也算对得起，这花好月圆的中秋佳节。

2

换上新衣，如期出发。目的地是阳澄湖畔。秋日的暖阳，穿过树叶缝隙，透过玻璃车窗，落在人身上，熏得人懒洋洋。听着温暖的音乐，随手写几句心情，也是惬意的美事一桩。

到了。迎着风在阳澄湖畔走一走，和邂逅的油菜花打个招呼。然后深一脚、浅一脚地踩着绿草地，去寻觅马儿和同伴。遛马，散步，发呆，闲聊，晒太阳，就这样，虚度半日好时光。傍晚，夕阳西下。看着一轮红日缓缓沉入山头，我不会忧伤。因为我知道，皎月即将登场。

果然，很快，阳澄湖上空升起了一轮明月。清辉洒在湖面，也洒在行人的肩上。

赏玩片刻，不觉天色已晚。那就乘着月色，回家吧。

3

但是，习惯归习惯，享受归享受。每一个不能回家的中秋，难免会生出些愧疚。这是每个游子难言的心病。

想起昨日和母亲通电话。除了那几个老生常谈的话题，就是些细细碎碎的日常。可就是这些平凡和琐碎啊，蕴含着无限的感动，直戳人心窝。

聊到月饼，母亲一拍脑袋："呀，忘了提前给你寄家乡的月饼了，最近都在瞎忙什么啊，这么大的事怎么能忘呢？！得赶紧补上，外面的月饼哪有家里的好吃……"

我愣了一下。寄月饼，在我看来，根本就是一件可有可无的小事。可是在母亲眼里，却成了天大的事儿，极其重要的事儿，不容忘记的事儿。

大概在每个母亲心中，关于子女的事儿，都是大事儿吧。她会怕你在外面吃不好，会担心你在外面受委屈，会把家里最好的一切都留给你，会在每一个节日期盼着你回去。我相信，这份拳拳的爱意啊，会帮你在内心构筑一个温暖的角落。这暖，足以抵御外界所有的寒。

父母一心想要为子女付出全部，而他们想要的却不多。“你寄回家的钙胶囊收到了，你爸吃得可开心呢，笑得合不拢嘴，一直夸你懂事……”天知道，我不过是买了几百块补钙的保健品而已，就能让父母如此满足。

年轻的我们总是会想，等赚够了钱，就好好孝敬父母，带他们享享清福。其实啊，钱多少算够呢？父母想要的，不是很多钱，不过是你心里始终装着他们。一个电话，一句简单的问候，一份小礼物，就可以让他们开心好久。

对于游子们，按照每年回家一次的频率，在往后短短几十年的余生里，我们与父母的缘分，不过只有寥寥数十面了。每念及此，不禁悲从中来。

如果可以，常回家看看吧。如果做不到，至少经常打打电话。真的。来日，不方长。

4

“看，买的新衣服，你说，妈是不是越来越好看了？”

“是是是，全世界你最美……”

我想，母亲的心里，一定住着一个小孩。即使经历了再多苦难，也始终保有一颗赤子之心，始终对生活充满向往。我现在还算热爱生活，很大程度，是受了母亲潜移默化的影响。

“你写了那么多身边的人，怎么也不写写我啊？”母亲开玩笑道。

其实啊，不是不写。而是母亲这个话题，太过宏大，太过深沉。我是怕自己笔端太浅，不能很好地表达，所以，并不敢轻易触碰。待日后有机会再提笔吧。

今日随心写了些只言片语，以此纪念我的中秋。夜已深，露浓霜重。早点睡。晚安。

第五辑　清白流年，寂静欢喜

念起念息，缘起缘灭。那些人们，总会在某一个恰到好处的时间出现在我们生命里，然后，在另一个恰到好处的时间，悄然离开。

一切都是时机已到的尘埃落定。我们唯一能做的，就是在还拥有着的时候，深深珍惜。

像少女，追着夕阳的光。

斜风细雨不须归，今日，你可愿陪我听雨赏花？

听雨

下雨了。

小屋晨起，掀了帘栊，小立阳台往外望去。我这陋室自是比不得古人的“画堂”，倒也无碍，千百年来，清风明月，雨雪雷电，这些自然的景致总是相差无几的。

而此时，窗外雨潺潺，树木正葱翠，尤其经过细雨的洗刷，放眼更是充满生机的绿。院子里鲜有人，大抵都在赖床或出去约会了吧。

没有了人声嘈杂，静得能听清鸟鸣。鸟儿啊鸟儿，你叽叽喳喳，在说些什么呢？是在吆喝小伙伴出去玩耍？或是在唱歌，唱出得逢甘霖的喜悦？还是在向小伙伴炫耀，看，我比你们飞得高呢……

这时，风儿也不甘寂寞，匆匆赶来。它像个调皮的孩子，把树叶摇得沙沙作响。如织的雨丝啊，也被吹斜了，索性随着风跳起舞来。好不热闹。

看着看着，我不自觉地嘴角上扬，眉眼弯弯，仿佛自己也已化作精灵，飞身窗外，和他们共舞起来。忽然就明白了，人类为什么终归是喜欢自然的，因为置身自然，快乐就会变得很轻易。而置身自然，也不见得非要远行，去名山，去大川，去深林。放下一切，随意出门走走，身边的一草一木，一花一叶，也能带来无限欢喜。万物皆有情，只要你有心。

赏花

又一阵风吹来，微冷，我紧了紧衣衫，离开阳台进屋。江南的天气哟，真是善变。前几日还一夜入夏，艳阳高照，炙烤得人们燥热难忍，昨儿开始，雷雨交加，气温倏地又降了下来。这样也好，一场及时雨，送来清凉，人们的心情也跟着沉静几分。我料理了一些生活琐事后，找了一件外套披上，便出门了。随便走走吧，只是想离自然更近一些。

甫一下楼，一种叫不上名字的小花吸引了我的视线。这种花儿啊，种在梧桐树周边的小坛里，粉红粉红的，像杯盏一般圆满。上网查了一下，原来它有一个如此好听的名字，美丽月见草。当真是花如其名。月见草，见月而开，天亮即谢，是与月有约的花草。而美丽月见草，日和夜均可开放。真好，可以美丽得久一些。

我走近她。大部分花儿还顽强地绽放着，而也有部分，没能经得住风吹雨打，已经凋谢了，飘零零，洒落一地。眼见此景，难过吗？悲伤吗？倒也不。并非我绝情，落红不是无情物，化作春泥更护花。花开花谢，春去秋来，是自然现象。花谢，不过是进入了生命的另一个轮回，待到来年春归，这散落的花儿啊，将以一种全新的姿态呈现在世人面前。毁灭，也是重生。所以，我珍惜花开，不悲花谢。

想到了一句词：“不以物喜，不以己悲。”人这一生啊，也总是要面临着风吹雨打的，也总是反反复复上演着得到和失去。保持一颗平常心，淡然处之。风起，则张开双翼，迎风而起；雨落，则竹杖芒鞋，踏雨而歌；得到，则保持清醒，再登高峰；失去，则整理行囊，重新出发。效仿先贤，修身养性，如此，才能时时拥有从心底升腾起来的平和与幸福。

这样的幸福，愿你我都有。

最后，谢谢你今日陪我听雨赏花。往后，我们一起去看更好的风景，可好？

像少女，追着夕阳的光

1

天色向晚。

盛夏里又一个寻常的日子。结束一天的劳作，回家。

到了。像往常一样，收起摊在腿上的书本，下车。每日在路上的时光，也是我与书香为伴的曼妙时光：

或许晴天，迎着朝阳，送着晚霞，一束温煦的阳光透过车窗，洒在一行行熨帖人心的文字上；

或许雨天，顶着乌云，和着狂风，一串串雨滴时急时缓，敲打着玻璃，漾开了一朵朵花。

我低头看书，动情处，偶尔也抬头，若有所思地望着窗外的风雨、夕阳，以及，奔波在路上匆匆而过的行人。

就这样，穿梭在这个城市，简单，平常，日复一日。

2

正准备上楼。转身的一刹那，眼角余光瞥见今晚的夕阳。金灿灿的，格外圆，格外美。散发出来的光，张扬，有力，仿佛在沉落前夕，拼尽了所有的力气，释放自己。这余晖，直直地穿过层层掩映的绿树，抵达我的内心深处。一阵说不清的情绪，喷涌而出。

我向着夕阳的方向而去，做了回追光者。

走到一座熟悉的小桥，视野一下子开阔起来。脑海中浮现出一阕词：过尽千帆皆不是，斜晖脉脉水悠悠。倒不是有斜倚栏杆，翘首以盼的归人，只是单纯地，想应和眼前的温柔景色：

天空被染成了金色。两岸杨柳葳蕤，在夏日的晚风中，风情万种。蝉在不远处，不知疲倦地叫着，声声入耳，一浪高过一浪。蜻蜓成群结队，到处狂飞乱舞，偶尔向下俯冲，轻轻一点，便扰动桥下一河碧水泛起了涟漪。

风景无限好。

只是，此时的夕阳，已经落入了岸边绿树的背后，正带着不可挽留的决绝，一点一点，下沉，下沉，再下沉。

我睁大眼睛看着眼前的画面，生怕错过一点细微的美丽。也把所有的美丽，深深地刻在脑海里。

3

在这世间，我们无法挽留的，又何止沉落的夕阳，还有太多太多。

留不住，不动声色溜走的时光。我们总是站在今天，怀念昨天，然后在明天，怀念今天。

留不住，稍纵即逝的小情绪。无数次心有所感，不吐不快，却苦于没有时间，无法提笔。他日终于得闲，却再也没有了当初的心境。深深浅浅的心事，大多数，就这样在岁月里搁浅。

留不住，曾经在我们生命里陪伴过一程的她、他、它。我们感怀，人生若只如初见，何事秋风悲画扇；我们慨叹，欲买桂花同载酒，终不似，少年游；我们悲痛，而今坟头草五丈，不闻爷娘唤儿声；我们忧伤，花谢花飞飞满天，红消香断有谁怜。

……

但是，日升日落，花开花谢。万事万物，都在按照某种规律有条不紊地运转着，不会因谁的悲喜停下脚步。

念起念息，缘起缘灭。那些人们，总会在某一个恰到好处的时间出现在我们生命里，然后，在另一个恰到好处的时间，悄然离开。

一切都是时机已到的尘埃落定。我们唯一能做的，就是在还拥有着的时候，深深珍惜。

像少女，追着夕阳的光。

剪一寸月光，安放你心上

1

月将满。

再过两日，就是七月半。

春有百花秋有月，夏有凉风冬有雪。诗人们都说，秋天，是属于月的。秋月，秋月。单单这两个字连在一起念，就能让人生出万般思绪。秋的清，月的凉，组合出一种清冷高洁的气质，迷人，但不可亵渎。

走在初秋的街上，抬眸，无意间撞到那汪明月，她便将我的心魄摄了去，视线不想再移开。好在，她似乎也能解我意，南北东西，只是默默相随。路旁有一株银杏，枝叶繁茂，伸展开来。走着走着，月儿便挂在了树梢，和小扇子般的银杏叶，一起生动着这个秋天。

再往前，是一个路口。没有了树叶遮挡，猛然间，被一盏明晃晃的路灯晃了眼睛。月也开始时不时隐在大楼后面。尽管清辉依旧在，但当昏黄的灯光这么近地横亘在眼前，你不得不暂停追逐白月光，先把视线移回来。

2

突然理解了，为什么现在，大部分人已没有心境认真赏一轮明月了。也许是历史的脚步太匆忙，只有低头拼命赶路，才可以不被时代遗忘；也许是城市的霓虹太亮，在夜幕里张牙舞爪，遮住了月亮的光芒；也许是新鲜事物太多，实在无暇顾及，她从远古而来万年不变的脸庞。

疲惫不堪的人们，看着万家灯火，一盏盏亮起，却时常觉得，没有一盏是为自己而亮。

其实，生活的本来面目，不是这样呢。放慢你的脚步，抬头看看哪，那一轮明月，就在为你而亮。不管你是悲是喜，她都在那里，等着你，看着你，赋予你一腔深情，从来不曾变过。

3

转个弯，绕过路灯，又回到了月亮的主场。邂逅一株紫薇，在月下盛开着。正是花好月圆呐，不禁浮想联翩。

此时此刻，照着我的月光，也曾落在古人身上呀。我仿佛看到了李白，青莲居士谪仙人，在月下吟唱。

“小时不识月，呼作白玉盘。”那是童年啊，最是天真烂漫。孩童们在乡间奔跑，一望无际的原野上，只有月光在静静流淌。

“我寄愁心与明月，随风直到夜郎西。”那是思念啊，最是情深谊长。古人的世界，交通闭塞，通信不发达，友人一别，山长水远，可能此生无法再见。当浓浓的思念从心底升起，又要如何排遣？也许只有寄予这一轮明月了吧。我的友人，此刻你是否也在望月，又是否能看到，我托月儿为你捎去的信呢？

“举杯邀明月，对影成三人。”那是生活啊，最是自在洒脱。孤独，不害怕的，还有深居广寒宫的嫦娥，可以举杯共饮啊。那么，今夜，让我也举杯邀一回明月，醉在一场梦，管它明日是地覆还是天翻。

……

无数的诗词歌赋从脑海里溢了出来，无数的美好画面在眼前铺张开来，我的灵魂飘飘然游走于天地之间，对话仙人，对话古人，对话自己，自由着，满足着，幸福着。

4

朋友啊，江上之清风，山间之明月，造物者之无尽藏也。我们在追逐宝马香车，广厦华服的时候，也不要忘了，珍惜上天赐予我们的天然宝藏啊。何夜无月，何处无竹柏，若无闲事挂心头，人间处处都是好风景哪。

此刻，你累了吗？

那就剪一寸月光吧，放在心上。让月光，抚平所有的忧伤。

姑苏雪，记一场风月无边

冬日里，最不可错过的，是一场雪的盛事。这个冬天，期待已久的大雪如约而至，书写了一场诗意浪漫，苏州成了姑苏，恍然间，一梦千年。

赏

到留园的时候，天空还飘着雪。纷纷扬扬，扑面而来。抬头仰望，有种恍若隔世的感觉。伸手，任晶莹的雪花落在掌心，迅速消融，化作一片清凉。关于雪，古往今来，无数文人骚客歌咏过，赞叹过。

谢道韫说：

白雪纷纷何所似？未若柳絮因风起。

李白说：

画堂晨起，来报雪花坠。高卷帘栊看佳瑞，皓色远迷庭砌。

盛气光引炉烟，素草寒生玉佩。应是天仙狂醉，乱把白云揉碎。

王琪说：

江南雪，轻素剪云端。琼树忽惊春意早，梅花偏觉晓香寒。

韩愈说：

白雪却嫌春色晚，故穿庭树作飞花。

的确，江南雪，不似北方那样，千里冰封，厚重绵延，她轻盈灵动，精巧温柔，像柳絮，像白云，像轻素，像飞花……落在红梅枝头，落在枯树树梢，落在青石板桥，落在屋檐上，落在湖心亭，落在平静的湖面，落在行人的肩头，一时之间，天地白茫茫一片。

而墙角绽出的数枝梅，飘出缕缕暗香，更为这幅冬景图增添了点睛一笔。梅须逊雪三分白，雪却输梅一段香。雪为梅娇，梅为雪艳，雪和梅交相辉映，共同带来了这万般风雅。

红楼梦中，大观园群芳在芦雪庵赏雪吟诗。而今，我也在这留园，着一袭红袍，追忆红楼梦中人，踏雪寻梅，享受这一份美好浪漫，将如此良辰美景镌刻心头。

忆

飞雪玉花

玉树栽，琼花开，清江垂雪柳，忽如一夜春风来；

飞絮落，蜡梅寒，一曲广陵散，煮酒再奏待君还。

这是一首两年前的旧作。没有词牌，没有平仄，只是单纯地记录了眼前看到的美好和初雪来时内心的欢喜。

想起那时，在初雪来临，玉絮轻持的夜晚，我独自执伞，从苏大走到相门，沿着老城墙，一路走到耦园。一开始没有方向，没有目的地，只是想抓住这一片雪景，随心而去，且走且拍且歌。空荡荡的路上没有别人，登临城楼，看着漫天飞雪，仿佛天地间仅有吾一人。那种自由、安宁，想来惹人流连。

葬

年年岁岁景相似，岁岁年年人不同。两年过去了，发生过一些事，经历过一些风雨，遇到过一些人，有好的，也有坏的。

但所幸，如今的我，依然会像当年那样，在茫茫雪夜，独自撑伞，走很远很远的路，和着溶溶月色，踏着飞雪而歌，只为了不辜负每一场风月，每一处美好。如今的我，依然会听从自己内心的声音，依然不吝惜花时间做那些无用而喜欢的事情，依然会为了每一次花开，每一场落雪欣喜若狂像个孩子。

少年心性不改，生活激情未减。

喜欢雪。大雪，足以掩埋所有的纷杂过往，埋葬曾经发生过的、不好的一切。雪后的世界，是一片安宁纯净。许个美好的心愿，希望我往后的生命，永远地简单、纯净，去想去的地方，做想做的事，爱想爱的人。

那些散落在寻常日子里的小欢喜

1

冬日里天黑得早。下班时分，松一口气，从办公室的落地窗向外望去，已是霓虹璀璨。车流在高楼的夹缝中蜿蜒着，应该是回家的大军。很快我也成为其中之一。周五每每都是一个值得欣喜的日子，因为即将到来的周末。

下车，仰头，对着天空发呆，一边信步在通往家的小径上。猛然发现，一轮圆月明晃晃地镶嵌在墨色的夜幕，清丽绝伦。当真是良辰美景呀。兴冲冲地上楼，想放下手中物什，再出去好好赏玩一番。巧的是，常小姐也在家。一回去，就对上她闪着光的双眸。

“今晚的月色好美，我们去顶楼天台弹琴怎么样！”常小姐兴奋地提议。

一拍即合。于是两个拥有浪漫情怀的少女，秒变手能提肩能扛的汉子，以迅雷不及掩耳之势，操起琴和凳就冲上了顶楼天台。

果然，天台更适合赏月。比起在树缝和高楼间窥探她曼妙的身影，我更喜欢这种毫无遮挡的视野。这种直白和暴露，不符合中国传统审美，少了些欲说还休的艺术性，可是更接近人本能的渴望。说到底，还是骨血里的自由因子在作祟。站在仿佛伸手就可摘星辰的地方，被困守已久的心，像野兽冲破牢笼，得到一种释放的满足。

2

找个合适的位置，我们开始摆弄起来。常小姐外表看着高冷凌厉有气场，一副生人勿近的模样，却有一颗十足的少女心。可不是嘛，哪个姑娘心里不住着一个小公主呢。她搬了一堆道具，来烘托氛围，比如一盏旋转的小灯。灯光透过灯罩打在墙上，显现出星星点点的光斑，也是别有一番情致。

布置好“场地”，她心满意足地拨弄起筝来。

伴随着泠泠琴音，我开始望着那一轮月神游太虚。古人的世界里，望月，常常是在思乡。今人的世界里，看着万家灯火，也常有孤独飘零之意。而彼时，地上的万家灯火，和天上一片月，正遥相呼应着。对了，还有初冬划过肌肤的凉风。

我紧了紧外套。如此场景，甚是适合想念。想起了一些想见却见不到的人。还有那些散落在光阴里，不可追的往事。于是，我把思念写进月光，随着风，寄送至天涯。

何夜无月，何处无竹柏，但少闲人如吾两人者尔。就这样，虚度好时光。

3

第二日清晨，晴。起床张罗早餐。煮了鸡蛋面。这是再寻常不过的食物了。没有添加任何佐料，只放了少许盐，口味清淡至极。常小姐打趣道，跟你住一起，日子过得如此清贫，菜里没有一滴油，像被赈济的灾民似的……我笑着回应，哪是清贫啊，这明明是健康，清心寡欲的，多好。她无奈地笑笑。然后两个人蹲在锅边，看着翻滚的热气从锅里窜出来，咽着口水等面出锅。

当然，我们的日子也不是每天都这么“清贫”的，偶尔也会叫上两份麻辣小龙虾或猪蹄，凑在一张小桌前大快朵颐。

常小姐常常说，躲进小楼成一统，管他冬夏与春秋。我们虽没鲁迅先生那么大的格局，这句话被引用来倒也合适。管他外面的世界如何熙攘，如何繁杂，只想躲进小楼，一箪食，一瓢饮，亦不改其乐也。

4

早餐过后，去晒被子。顺便晒一晒快要发霉的自己。还是顶楼天台。私心想着，这样也算是吸天地之灵气，取日月之精华了吧。喜欢每一个阳光明媚的日子。喜欢拥着储存满阳光的被子入眠。喜欢这种简单却实在的小幸福。

就这样，日子一天一天过。像流水般，哗啦啦，一路向前一路歌。

没有惊天动地的大事发生，亦谈不上多么轰轰烈烈。可是啊，最平淡的生活里，往往藏着最深的浪漫。我捡拾起那些散落在寻常日子里的小欢喜，把平凡的岁月写成诗，酿成酒，送给你，也送给未来的自己。

第六辑　洞见世事，体悟人情

大千世界，人各有能，也人各有志。

每个人都应当去找寻自己、做自己，用自己最想要，也最有力量的方式，为社会创造价值。

艽野尘梦丨一本旷世奇书，一场汉藏绝恋

1

西原万里从君，相期终始，不图病入膏肓，中道永诀。然君幸获济，我死亦瞑目矣。今家书旦晚可至，愿君归途珍重。

言讫，她一瞑不视，客死西安。彼时，不过十九岁的年纪。

入室，觉伊不见。室冷帷空，天胡不吊，厄我至此。又不禁仰天长号，泪尽声嘶也。

书到此戛然而止。因他“述至此，肝肠寸断”，只能从此辍笔。

“民国”二年，他返湘，开启了经营湘西二十余年的“湘西王”生涯。沈从文曾担任其文书。回忆起来，说他“好读书，不喜女色”。

2

近来重读《艽野尘梦》，每每读到西原病死一段，依旧会濡湿眼角。一个汉人军官，和一个藏女之间，这份生死相随的忠贞情谊，实在令人动容。

故事，要从多年前说起。

清末，帝国风雨飘摇，藏地局势动荡不安。英、俄两国觊觎西藏，妄图将其收入囊中。英人捷足先登，强迫西藏地方政府签订“英藏新约”。达赖发现了英人的狼子野心，对沙俄心存幻想，欲联俄抗英，以夷制夷。驻藏大臣联豫奉命入藏善后，却与藏方不和，命令多半无法推行，遂向清廷请调川军援藏，以作挟制。

如此背景下，宣统元年（1909）七月，陈渠珍随军入藏。达赖得知川军入藏的消息后，派兵阻拦。陈渠珍参与了恩达、江达、工布等地的平叛战役，在此期间，因其胆识和谋略，被升任为管带，相当于今天的营长。

收复工布后，川军进驻德摩，也就是今日的林芝。在这里，陈渠珍结识并迎娶了藏族少女西原。

相遇的那天，高原上细草如毡。他受邀到贡觉营官家做客，她作为主人的侄女，为客人表演马上拔杆。策马疾驰，其行如飞，马上的少女，英姿飒爽，神采飞扬，至立杆处，俯身拔之。她连拔五杆，冠绝众人。精湛的马术，矫健敏捷的身姿，引得看客们惊叹连连，亦吸引了他的目光。他盛赞之。有心的主人把一切都看在眼里，大笑，要将她许配于他。本以为，这只是一句玩笑话，不承想，几日之后，她着盛装，再次出现在他面前，明眸皓齿，别饶风致。就这样，她成了他的妻。更确切地说，是姬妾。

那时，她十六岁，他二十七岁。从此，他们的命运被紧紧地系在了一起。

后来，他进军波密，欲留她在家。她不肯，一定要相伴左右。塞外风霜磨炼出的女子，自是不同于养在深闺中娇娇滴滴的女儿家，又怎甘独自在家中等待丈夫归来？事实证明，她非但不是累赘，反而是难觅的得力帮手。战场上刀枪无眼，血腥残酷，正是她，在危难之际屡屡救下他性命。爱，在同生共死中，悄悄升华着。

再后来，辛亥革命爆发。川军内乱，军中长官被部下所杀。革命党欲推陈为首领，邀其至江达议事。军队生变，无可挽回。汉番交恶已久，身后还有达赖虎视眈眈。进，犹有一线生机；留，终必一死。

于是，德摩山下，他邀她一同奔赴未知的前程。故土难离啊，家中尚有牵挂的亲人。可她依旧义无反顾地选择了他。眼角挂着泪水，发丝在风中凌乱，怀里揣着的，是母亲送的红珊瑚。忍住别离的巨大悲伤，她随他，踏上了远行的路，从此，天涯海角，归未有期。

抵江达。各方势力蠢蠢欲动，藏局风云诡谲。川军中另一股势力——哥老会，强大远甚于拥陈的革命派。边军又因川军叛变，受命前来围堵。面对复杂的时局，陈渠珍权衡再三，终于做出了弃藏东归的决定。而边军将至，公然出昌都，已无可能。再三磋商后，选择了走人烟稀少的藏北，经青海，出甘肃一线。

秘密清查人口粮秣，准备妥当，陈渠珍夫妇及其亲信，共计 115 人，在一个黎明，离开了江达，向着青海出发。那时的他们，还不知道自己接下来要面对的，是怎样的磨难与残酷。

刚出发没多久，一行人就因向导忘道，误入了无人区羌塘大草原。正值冬季，天寒地冻，黄沙猎猎，风雪扑面。他们一脚沙一脚雪地乱走着，不知路在何方。很快，粮秣耗尽。他们开始屠牲口。牲口尽，则只能在风急天高的野外，与饿狼争食。考验接踵而至。

没有食物，没有行李，没有交通工具，仅凭两条腿，要如何走出这茫茫荒野？他一度陷入了绝望。幸好啊，身边还有她。

西原自小生长在雪域高原，枪法极精。绝粮之时，她神情坚毅，一定要亲自带枪出猎。他说："行猎士兵如有所获，可以分食，你又何苦冒险？"她哭着回答："士兵所分几许，命在旦夕，尚何所惧。"她一次次成功猎到野兽，让他得以在杳无人迹的荒原里，活了下去。

有一次，好些天未见野兽出没，断食已两日。存下的干肉仅余一小块。他分她一半。可她坚决不肯食。一句"可无我，不可无君"，让人潸然泪下。在她眼里，他的性命，是远比自己重要的。

行途五月，长安犹遥，他黯然神伤，萎靡不振。是她鼓励他，死亡虽众，我辈犹存，天终不我绝，不必气馁。

枕风宿雪，茹毛饮血 223 天之久，终于，他们走出了荒漠，经柴达木、青海湖、湟源，西宁，生还兰州。出发时的 115 人，仅剩 11 人。遣散部众后，他和西原终抵西安。

在西安的日子，大概是他们在一起之后难得的安宁时光，也是西原生命里的最后两个月。彼时囊金已尽，家书难达，汇款迟迟不到。他们相依为命，跬步不离，却只能靠着朋友的救济度日，过得清贫。即便如此，我想，那时候西原的内心也是充满幸福的。她开始卸下戎装，放下猎枪，在每一个他外出的黄昏，坐在偏门，静待君归。那画面，安详而美好，像极了长安城里的寻常夫妻，日复一日，爱得细水长流。

或许太美的爱情，连老天都嫉妒。命运跟他们开了个巨大的玩笑。躲过了战场上的枪林弹雨，熬过了食不果腹的荒野求生，不承想，那个坚毅、勇敢的藏地奇女子，没能逃过天花病毒的侵害。一朵高原上最美的格桑花，迅速凋谢在这尘烟滚滚的俗世长安，无可挽留，猝不及防。他抱着她还温热的尸体，号啕大哭，痛不欲生。在友人的帮助下，他将她葬在雁塔寺。

斯人已逝。爱还在延续。后来啊，他用一本书，和整个余生，来将她缅怀。书中关于她的篇幅虽然不多，但字字用心血熬铸，感人肺腑。很久很久以后的如今，我们依旧能从他饱蘸深情的笔墨里，感受到这份刻骨铭心、惊天动地的爱情。这份爱，经过了生死的考验，在历史长空里凝成了一束温暖的光，照耀着人间，世世代代。

3

在生死面前，爱，会被验证和无限放大。而同时，人性丑恶的一面，也会被激发出来，展现得淋漓尽致。

茫茫荒原里，最艰难的时刻，昨日同行的兄弟，竟然成了今日存活者的口粮。如果说，为活命，食亡故者的尸骨，尚可理解。毕竟即使他们不吃，也会进入饿狼之腹。可让人毛骨悚然的是，居然有人动念，欲杀兄弟而食之。如此兽行，幸好被陈渠珍及时阻止了。

而面对满怀善意、真诚帮助他们的喇嘛，有些人不但不思感恩，反而看中人家的粮食和骆驼，偷偷组织袭击，想杀其人，夺其物。不料想，袭击失败，虽然击毙了 3 名喇嘛，其他人却迅速乘骆驼逃离，同时带走了他们原有的食物。袭击者也受了重伤。本来安心接受喇嘛的帮助，可以再支撑一段时间，却因部分人的贪欲，落得个两败俱伤的结局。始作俑者最后也自食恶果，命丧荒野。

这些片段，读来实在百感交集。人类野蛮起来，是比野兽更可怕的。但是，天网恢恢，疏而不漏。种善因，方能结善果。心里住着恶魔的人，终将受到反噬。所以，无论处于怎样的境地，都不要忘记善良。这是我们生而为人的底线，须得守住。

4

书只写到西原去世，便因失去挚爱的巨大悲痛不忍再触。可陈渠珍的传奇人生还在继续。

和山西的阎锡山一样，他回到老家苦心经营，关起门来搞自治，成了名动一时的湘西王。当年想在西藏推行却因战事耽搁的政事，比如练兵、筑路、屯垦、兴学、开矿，终于得以在湘西实施。他倒没有逐鹿中原、一统江山的野心，只是一心守着故土山河，力求保境安民。后来，他在历史的关键时刻又一次做出了正确选择，帮助解放军和平解放湘西。

从清军管带，到国民党中将，再到共和国的全国政协委员，他审时度势，步步为营，三朝不倒。沙场驰骋，宦海沉浮，经历过大生大死，大起大落，他是风云变幻的动荡年代，硬生生闯出一条血路的乱世英雄。

而他的才气亦丝毫不输沈从文，书中引经据典，信手拈来。文笔则行云流水，一气呵成。他是真正上马能打仗，下马写文章的文武全才。

在这跌宕起伏、精彩绝伦的一生里，他只留下了《艽野尘梦》这一本书。

藏学家任乃强先生说，此书“一切为康藏诸游记最……”。而我相信，不仅仅是过去，关于藏地，未来很长一段时间内，都不会再出现比这本书更好的了。这是由作者所处的时代背景，以及他的阅历、格局所决定的。

这注定是一本传世之作。

红尘渺渺，如烟似梦。茫茫艽野之上，那场惊心动魄的绝地冒险，和那段可歌可泣的凄美爱情，正穿过历史的尘烟，铺展在我们面前，不真实，又无比真实。

不管是去凤凰，还是西藏，记得，要带上它。

吻你脸上的阳光

1

清晨，在蝉鸣和鸟语中醒来。拉开窗帘，放生一束阳光。又是充满希望的一天。

今日白露，已是秋天的第三个节气了。七月流火。勤勤恳恳工作一夏的空调，迎来了属于它的假期。天朗气清，难得周末，我呢，自然要出去走走呀，骑骑马，看看太阳，看看花花草草，看看山山水水，看看这个美丽的世界。

午后，是我喜欢的一片晴朗。绿草地上，我和阳光都如约而至。天空蓝得不像话，似乎是哪位画家用水彩画上的。大朵大朵的白云浮在天际，自在游走着。最是那一轮暖阳，耀眼，明媚，充满力量，充满希望。狗尾巴草尽管卑微，但依然努力生长着，在都市里这片几乎无人问津、无人驻足的土地上。

真是满眼的灿烂，满眼的绿。哦，还有羊和马儿呢。它们隐在草丛中，风吹草低才现身呀。我也循着马儿的身影，遁入草丛中，在绿草地蹦蹦跳跳。恍惚中，自己又变回了那个无忧无虑的小女孩，在一望无际的田野上不停地跑呀，跳呀，向着阳光，向着希望。

2

这样的时光，真是缓慢呀，缓慢地，能听到她流淌的声音。

如果说，这个时候想要听点什么音乐的话，那应该是甫平的歌吧。静静地坐在草地上，戴上耳机，听歌，发呆，什么都可以想，什么都可以不想。

又或者说，当你想要在别处寻觅这样的美好和明媚时，在甫平的歌里可以找到。不论何时，身处何地，阳光，总会在听到他歌声的瞬间，像瀑布一样，倾泻进你的世界。

3

一直喜欢民谣。从许巍、宋冬野、李志，到赵雷、马頔、房东的猫……民谣里，有南方和北方，也有花房和姑娘。民谣，歌唱的是生活和希望，是青春和梦想，是爱和远方。

网上有个段子，如果吉他没有大横按，将会有1000万人成为民谣歌手。那么，我可能就是其中一个因为大横按而放弃的潜在选手吧。当然，只是开个玩笑。想来，自己确实也抱着吉他练过些日子。后来开始写字以后，弹琴的时间就很少了。

并非我三分钟热度，始乱终弃，而是人的精力着实有限。当喜欢很多很多东西的时候，必须要有所取舍，即使这很难。在喜欢的事情，和喜欢并擅长的事情之间，更应该选择后者。也罢，那就当一个好的听众吧。

甫平是我近来新发掘的一位民谣歌手。此时，不得不表扬一下网易云音乐的推荐算法，真的能帮你找到对味的好歌。前段时间，日推上常常出现他的歌，刚开始没在意，只是听到喜欢的就收藏。后来发现连续几首都很喜欢，就去关注了歌手。顺手打了个招呼，意外的是，竟然收到了回复。他真的是，足够真诚，足够有礼貌。后来聊天多了些，发现他还是很有趣的人呢。

4

他的歌，亦如他的人，如果让我用两个字来形容的话，那就是阳光。好民谣该有的模样，他的歌全都有。

有人说，民谣什么都好，就是费烟又费酒。可是他的歌里，没有吐不完的烟圈，没有醉醺醺的颓废，没有无尽的孤独。

追梦的路上，他也会受伤，也会碰壁，也会困惑，也会不被理解，也会怀疑自己，可是，总会在一次次跌倒之后，再一次次挣扎着站起来，整理行囊；总会在一次次的失望之后，重新燃起希望，继续出发。

他告诉自己，也告诉听众，要不卑不亢不沮丧，不悲不喜不迷惘。尽管做到很难，但是，至少可以提醒我们，不断成为更好的自己。

他写母亲，写姑娘，写隔壁老张，这都是在我们身边鲜活的、平凡的人哪。我们总能在他们身上，看见自己的影子，然后从歌里，获得温暖，汲取到力量。

他的嗓音，低沉，听来饱经沧桑，却有一种穿透力，尽情歌唱着世间的美好。他的词和曲，简单，平淡，朴实里绽放着光华。

一直觉得，艺术，归根结底，是对普通人的人文关怀。所谓诗人，只是说出了别人心里说不出的话。好的作品，一定是入心的，他做到了。

5

如今我还是一个人在流浪
少了些倔强多了些沧桑
想起经历过的那些雨雪风霜
终于明白了什么叫成长

——《成长》甫平

一生很长，在寻找远方的路上，要面对很多风风雨雨，沟沟坎坎。勇敢一点，闯过去了，就是成长。再难，都不要忘记为自己歌唱。

别沮丧，别彷徨
总有人喜欢你最糟的模样
活出你的色彩
会有人看到你的光芒
别难过，别悲伤
至少你还可以开口歌唱
不管未来多难
照顾好自己吧老张

——《老张》甫平

现实世界中，我们又何尝不是老张。谁的生活都不易，总会被各种各样的东西捆绑。想要的自由，不知何时才能得到。疲于奔命中，你是否还记得自己最初的梦想。可是，不要害怕啊，有梦就去追，哪怕会跌倒，总有人喜欢你最糟的模样，总有人能看到你的光芒，总有一天啊，我们都会如愿以偿。

遇见你
是我最美的意外
你是我此生最美的色彩
你和阳光都在
是我想要的未来
彼此珍惜
好好相爱

——《相爱》甫平

最喜欢的是这句，“你和阳光都在，是我想要的未来”。在恰到好处的时间，遇见一个正当年华的姑娘，相爱相惜，在田野上，依偎在一起晒太阳，整个世界都是安静的，充满了色彩。这样的画面，真是美呀，每每想来，都会有微微的悸动落在心头。

……

6

落在你脸颊的每一束阳光，都是上帝之吻。

我在他歌声里寻到的暖阳，也送给你们。愿往后，不论要经历多少风雨，要走过多少暗夜，要跨越多少远山，每个有歌作陪的日子，都有阳光之吻的甜蜜，都灿烂明媚如晴天。

有趣的灵魂，富有的肉体，他何以兼具？

1

我喜欢钱。

去年过年回家，整理书柜时，一本小学毕业纪念册恰巧从柜子一角滑落出来。我瞥了一眼，惊诧于家里竟然还有这样的旧物留存。

弯腰，缓缓把它从地上捡起。

上面已经铺满厚厚的一层灰，也像旧时的记忆，在我日复一日的前行中，布满风尘。

我看着它，恍若隔世，仿佛拾起了曾经抖落一地的光阴。

掸落尘埃，带着好奇，我兀自翻看起来。

翻到了当初写给自己的那一页。目光触及的瞬间，我的心狂风呼啸，飞沙走石，被割得生疼。只见“我的梦想”那一栏，赫然写着，成为一名成功的商人。

儿时许下的心愿，差点就被遗忘了。

生于世间廿载有余，磕磕绊绊走到现在，我不过是红尘中一个再普通不过的小女子，是人群里不起眼的大多数。通往梦想的路啊，那么长，而我，似乎还站在起点，每进一步，都是艰难。

我也不喜欢钱。

我也是想成为文人的。我心里，还燃烧着关乎文学的梦想。

我想象着，很多很多年以后，人世间已没有我的躯壳，但是，我的精神还在。

还有人能读到我的文字，还有人能够知道，这个世界上存在过一个叫作玉琼的人，知道曾经她的困惑，她的成长，她的悲喜，她的体悟，她去过的地方，爱过的人，走过的路，然后，从中汲取到养分，获得温暖，获得慰藉，获得力量，获得勇气，解惑释疑，正如现在认真读着我文字的你。

我想，我的文字应该是干净的，带着淡淡青草香气的，让人沉静的。所以，我写得小心翼翼，我害怕啊，害怕它会沾了尘俗里的铜臭气。

于是，我诚惶诚恐地游走在现实和理想世界之间，平衡着商人和文人的梦想。一边在现实的铜墙铁壁里奋力冲杀，撞得头破血流；一边在精神的后花园里拈花种树，编织着诗与远方的绮丽幻梦。

可是，有时候，真的觉得好难。

2

后来，我遇见了他。

就像广阔海面上的一艘巨轮，常常怀疑自己是不是会迷失在风浪里的时候，看见了一座指明方向的灯塔。

真的有人能够做到。真的有人已经抵达那里。

他是企业家，凭着敏锐的商业嗅觉和坚韧不拔的精神，白手起家，成就了一番自己的事业；

他是作家，30多年来，笔耕不辍，已出版著作31部，如今又即将有5本书面世；

他是妻子眼里的好丈夫，儿子眼里的好父亲；

他是文友们深爱的人；

……

他就是，蒋坤元老师。

那日，我们一行人一起踏上了从苏州去往合肥的高铁，赴一场文学的约。相处不过短短数日，竟像是多年的老友。

我曾有幸出现在他的笔下。他说我是狂野之风。听到这句评价时，我是有些感动的。

想起之前相识多年的朋友，竟说我多愁善感，我越发觉得，对一个人了解多少，懂多少，某种程度上和认识的时间长短没有太大关系，而在于灵魂的契合度，在于有没有用心去感受。

想写写他有几日了。可是迟迟没有动笔。除却生活琐事的干扰，更重要的是，我有些胆怯。

我害怕啊，怕以我稚嫩的文笔，即使搔首发落，绞尽脑汁，也不能描摹他高伟形象的万分之一。

更何况，已有那么多版本珠玉在前。

但我还是要写，为了蒋老师，也为了每一个愿意读我文字的你，我想把自己汲取到的养分啊，也输送给你们。

3

我现在以付出为快乐。

他说，我现在以付出为快乐。

他也确确实实是这么做的。

出行前，就扛着大包小包，给每个人都带了载满关怀的礼物；

在合肥的时候，为大家尽心尽力，忙前忙后，还几乎一力承揽了所有的费用；

就连回程，都不忘给我们塞礼物；

……

陌上尘被感动得写了洋洋洒洒5000字长文，记录了这一点一滴。

熟悉我的人都知道，我对于每次朋友替我买单都诚惶诚恐，不论对方是贫是富。因为我深知，对方再有钱，也是辛辛苦苦付出了汗水才赚来的。

他为大家付出金钱，不是因为钱多。钱再多，可以留给儿子。而是因为他那么努力地，想让更多人快乐，如此，他便快乐。

不只是金钱，更让人动容的，是他付出的真挚的情感。他真诚，平易近人得就像邻家的大哥。

都道如今世间冷漠，人情凉薄。他却始终保有一颗赤子之心。不是因为没有遭受过苦难，而是即使看尽了世间的黑暗，也依然愿意以最大的善意拥抱这个世界。所以世界也愿意报之以歌。

忽然之间，我真正明白了“厚德载物”的含义。只有厚德，才能载得起金钱、名利、地位，以及别人的敬重。而他付出之前，并没有想这许多。

先修身，先付出，便能收获从心底涌起的快乐。其他的，命运会在不经意间回馈给你。这是我学到的第一点，也是最重要的一点。

对儿子教育，我就是很注重身教。

古语云，修身齐家治国平天下。

不只修身，齐家这一点，他亦是楷模。

他跟师母，这么多年，举案齐眉，相敬如宾。现如今，一些有钱人的情感生活，复杂到让人咂舌。相比之下，他简直就是一股清流。

应付公司的繁杂事务、写作之外，他还不忘回家洗衣做饭做家务。真的难能可贵。要知道，太多人只是上个班就觉得筋疲力尽，回家恨不得躺尸，更别提主动分担家务了。

对儿子的教育，也是注重身教。不许儿子抽烟，自己也从来不抽；不想儿子攀比，自己至今仍开着一辆面包车；想让儿子好好学习，自己也从没停下学习的脚步；想让儿子勤恳上进，自己就每日早早去工厂，从不迟到……

理所当然，这样教育的儿子很优秀，大有青出于蓝而胜于蓝之势。

能把家庭维系得其乐融融，一团和气，这是很大的人生智慧，也是我要学习的第二点。

我每天也是24个小时，只是比别人少睡一点罢了。

一直惊讶于，要有怎样的精力，才能在料理企业的同时，保证两个公众号日更。

写过的人就知道，日更，真的是一件太难的事。而且，他并没有请助理。

难道他的时间真的比别人多吗？

显然不是，只是比别人少睡些罢了。他每日只睡四五个小时，还依然保持精神抖擞，这需要多大的修行。

我不由得感到惭愧。在回到家第二天凌晨5点多钟，我就收到了他写我的文字。而我写的文字，竟拖到今日。对比之下，我真的很不努力。

勤奋，永远是一条颠扑不破的真理。赚钱的几种层次，靠时间，靠不可替代的竞争力，靠资本。在一无所有的情况下，如果连仅有的时间都不愿意付出，又有资格得到什么呢？

当然光有勤奋也是不够的。好风凭借力，送我上青云。好风，便是时代大势。

但这并不容易。要有先见之明，要有孤注一掷的勇气，要冒着一旦失败就粉身碎骨的风险，要承担着巨大的精神压力……

他在《我想抱太阳》中写下了这样的话：

因为买土地和造厂房，我借款近三千万，这借款像一座山压在我的身上，也压在父亲的身上。有的时候，恰恰是我的冒进造成了父亲的忧心如焚。

是啊，成功者的创业史，无一不是和着血泪的。在想得到别人那样的光鲜亮丽之前，先想想自己愿意付出什么，又愿意承担什么。这是给我上的第三课。

其实，想说的还有很多，想学习的也还太多。他本身就像是一座宝藏，值得慢慢挖掘。日后我会接着写，接着分享。

4

往后，我们都是一家人。

那日，我们即将在人来人往的车站说再见。

等车的间隙闲聊，陌上尘提到了独自远嫁，最初来苏时的漂泊和无助。

当暗夜里被痛苦席卷，辗转反侧，满怀愁情如何遣？不过默默流泪罢，像一只受伤的猫，独自蜷缩在一角，舔舐着伤口。我和晓风附和，唏嘘。

他听在耳里，回曰：“往后，我们都是一家人。”说这话的时候，他满脸笑意，让人感觉温暖如春风拂面。

四人相视一笑。

是啊，往后，我们都是一家人。是今世我们为自己选择的家人。

从此，我对苏城这片土地更是深深地眷恋。

不只因为已然刻入骨髓的江南风雅，更因为，那些可爱的人，我的家人。

她用了8年，从工地走入乡野，绽成一朵纤尘不染的莲

1

时值仲夏，荷花正盛，接天莲叶无穷碧。

循着一缕淡淡香气，走近莲池，以清净心，步入一片清净地。

我想起了一个如紫莲一般的姑娘。

她疏离喜静，宛在水中央，旁观着外界的熙攘喧闹；

她清冷高贵，亭亭净植，出淤泥而不染；

她满怀善念，释放缕缕馨香，帮更多人在沉静中找寻自我；

她就这么安静地绽放在云水之间，出世又入世……

她是一紫。是我看一眼就喜欢了的女子。

2

初次相见，在一次美妙的文学之约里。我们一行人深夜抵达，风尘仆仆。他们依然在等，其中，就有传说中的一紫。

那日，她穿着紫色的裙，带着浅浅的笑意，安静地站在人群里，并没有过分热情的寒暄，只是几句简单的问候。她曾说过，自己不太会亲近，确实如此。

第二日，我们慢慢熟络起来，聊了许多，关于文学，关于人生，关于选择。

她外表看起来，总是温温柔柔的，偶尔低头一笑，恰似一朵水莲不胜凉风的娇羞；她说话的时候，眼里闪着光，那是一种自信和坚定的光芒。

是夜，一群人开开心心地去吃消夜。两个在此之前未曾谋面的姑娘，在陌生城市的街头，牵手走着，闹着，谈笑风生着。不由得感慨，人与人之间的缘分，有时候，真的妙不可言。

如今，每每回想起那个画面，我都会不自觉地嘴角上扬。这是一种从心底涌起的，由衷的欢愉。

从外表看，我们是截然不同两种类型。借用范玮琪的一句歌词，一个像夏天，一个像秋天。可是我的灵魂像是受到了某种牵引，是那么地，想要和她靠近。

我想，这是因为，从骨子里，我们根本就是同一类人。一样地倔强，一样地特立独行，一样地爱自由，一样受不得半点约束……

我能深深地感受到她柔弱外表下隐藏着的巨大力量：对抗世俗的力量，舍弃一切的力量，忠于自我的力量。

这种力量，引领着她披荆斩棘，成为一紫：自己想要成为的一紫；

万千紫宝爱着的一紫；守拙归园田的一紫；唯一的一紫。

3

她的故事，要从2010年前说起。

那年初春，她满腔热血，义无反顾，追随刘先生南下长沙，把未来许给了爱和远方。

在陌生荒凉的偏僻土地上，她守着一张床，一张桌，一台电脑，开始了身为路桥人的工地生活。

这一去，就是8年。

8年啊，很短。短到倏忽一瞬间，有爱不识愁的青春少女，转眼就变为了困于生活琐碎，不胜其烦的某人妻；

8年啊，也很长。长到几乎占据了一整个青春里最美的年华。人这一生，又能有几个8年？

8年的“抗战”岁月，住的是活动板房，吃的是大锅饭，打的是游击战；

8年的“抗战”岁月，面对的是做不完的资料，日复一日机械式的重复；

8年的“抗战”岁月，有多少个万物寂寂的夜晚，对女儿的思念和愧疚悄悄爬上心房？

……

这有多么枯燥，多么艰难，又有几多辛酸和委屈？读她后来的文字，我隔着屏幕都能感受到那种沉闷和压抑。

可是，往后都要这样过吗？

不能够啊！这不是她想要的生活啊！

她想要成为的自己到底是什么样子的？

她开始写作，录音，一遍遍地探索自己的内心，梳理自己的思绪。终于，在痛苦的向内探索和挖掘中找到了自我。

同时，凭借这项才华，短短半年，她成了有着几万粉丝的网红。一紫公众号和一紫电台，成了许多人心中难以戒掉的迷恋。

攒够了底气，终于，她在去年离开了工地。

理所当然地，有伯乐发现了她。她在西安一家文化公司，被委以运营总监的重任。

故事发展到这里，按照套路，应该是她从此名利双收，走向人生巅峰。

可她是一紫啊，注定和别人不同。她清楚地知道，自己想要的，是恬淡自然、无拘无束的生活；是写出经得起时间考验的、值得一读的好作品。她需要大量的时间，静心、读书、写作。

于是，她再次做出了让人大跌眼镜的决定。放弃总监身份，回归乡野。即使有高额股权的诱惑，她也不为所动，走得决绝。

如今的她，身着布衣，生活在乡间，奔跑在麦田，伴女儿左右，写作出书，幸福又安宁。

4

我喜欢这样的一紫。

但是，守拙归园田，这里的园田，并不只是地理空间上的概念，更是心灵的归宿。

实则，一紫最让人着迷，让人钦佩的，不是她放弃了世间繁华，退居乡野，而在于：她看清了自己的内心，知道自己想要的是什么，找到了灵魂回家的路，并且，付诸行动，排除万难，坚定不移地追随了自己的内心，让灵魂回家。

大千世界，人各有能，也人各有志。

每个人都应当去找寻自己、做自己，用自己最想要，也最有力量的方式，为社会创造价值。

一紫看似出世，换个角度，又何尝不是一种入世。

她虽身在乡野，却心系着喜欢她的人们，心系着还在工地上奋斗的人们，拼尽全力，想帮更多人觉醒，带更多人成长。

只是，于她而言，在僻静的桃源，安心写直抵人灵魂的文字，是她最想要，也是为社会创造价值最有力量的方式。

守着寡淡做一个有用的人，一紫，她做到了。

所以，如果你想做企业家，那就去商海拼杀，创造更多财富，庇荫更多人；

如果你想做工程师，那就刻苦钻研，用技术改变世界；

如果你想做老师，那就孜孜不倦，传道授业，让桃李芬芳天下；

……

如此，都好。

愿每个人，都能找到真正的自己，在内心的田野上修篱种菊，植遍繁花。

如果暂时没有找到，没关系。做好眼前的事，然后，去思考，去尝试。总有一天，你会发现，曾经的那些磕磕绊绊，兜兜转转，都是抵达自己内心的必经之路，不存在浪费。

这是最好的时代，你应做最好的自己，最真的自己。

做自己。

共勉。

用余生，赴一场青春的约

1

上周末，男男从上海来看我。

男男，听起来像个男孩子，然而并不是。人家闺名赢男。按字面意思理解，估计是阿姨有着巾帼不让须眉的英雄情结，于是在当年望着怀里刚出生、嗷嗷待哺的女娇娃时，慷慨激昂地写下了这个霸气的名字，对她未来能更胜男儿强满怀期待着。

她倒也争气，十分对得起阿姨取的这个名字，外表看起来娇俏可爱，做起事来却雷厉风行，有着不菲的收入，妥妥的都市女强人模样。

拒绝做塑料姐妹花，我们必须是钢铁闺蜜，而且是越锤炼越硬，怎么也掰不弯，哦不，掰不断的那种。讲真，要不是性别不合适，我们大概是要在一起的。

2

我和她之间的缘分，要从大学说起。

第一次见面，是军训。那时候，我们都裹在海军蓝的迷彩服里，我土，她圆。可是我们偏偏还觉得自己英姿飒爽，意气风发。很久以后聊到初见，关于两个人一开始的对话，除了自我介绍还说了什么，我们都已经记不清了。只是当时就觉得对方屌屌的，一脸傲娇。那时的我们还不知道，这就叫年少轻狂。

后来，枯燥而劳累的军训终于落下了帷幕。告别了日日求雨的“道士”生涯，我们正式开启了精彩纷呈的大学生活。从单调乏味的高中走来，和所有同龄人一样，两个青春少女对大学里即将发生的一切都充满了好奇。顺理成章地，搞社团，办活动，参加比赛，做兼职，几乎把所有能折腾的新鲜玩法都试了一遍，干得热火朝天，乐此不疲。彼时，物理学院和能源学院还没彻底“分手”，身处同一个系的我们，自然有许多交集，一来二去，渐渐熟络起来，就越发觉得彼此品性相似，志趣相投，简直对味儿。

只是当时，大家不是叫她男男的。男哥才是正解。她也挺乐意别人这么叫的。

每个人在年轻一些的时候，都热衷于扮演成熟，急不可耐地想要成为一个大人，却往往在年纪稍长的时候，希望时间过得慢一点，希望自己还可以做个孩子。

不过叫她一声“哥”，我觉得，她当得起。她的口齿伶俐，能言善辩，霸气侧漏，我实在是望尘莫及。

还有更让人服气的事儿。因为难以忍受自己的圆，她下定决心要减肥。别人说减肥，大都是说说而已，管不住嘴，迈不开腿。她不是。严格控制饮食加疯狂锻炼，让她愣生生用3个月时间，狂瘦了四十斤。

我目瞪口呆。服气，真的。我想，就凭这股狠劲，这份自律，这家伙，以后不会差。跟她混，没毛病。

3

于是，在那些青春的岁月里，我们一直陪伴着彼此：

一起在图书馆哭；一起在鸿远楼笑；一起在尊师轩晒太阳；一起在KTV彻夜嘶吼；一起逛街淘漂亮衣服；一起坐在午后的情人坡上憧憬着未来……

我们也会一起在周末天微亮的清晨，走过好几条街去寻找隐秘在小巷深处的美食。每每说起吃来，哪家的鸡爪入味，哪家的甜品好吃，谁家的饼酥脆可口，谁家的豆浆很有特色，她都如数家珍。而我总是一无所知，在一旁嘻嘻哈哈。听不懂、记不住都不打紧，反正跟着她走就好了啊。

也还记得，在月初升的夜，一起漫步在青青校园的林荫小径。暗黄色的灯光，把我们的身影拉得很长很长。那团长长的黑影里，藏着少女的心事和秘密。

还有，春日里，在樱花树下定格笑容，秋日里，捡拾一片银杏作书签……

4

可是啊，大学的四年，不是过不完的四年。毕业了，离开了，就要各奔东西了。所幸，青春的筵席仍没散场，我们，从来都没走丢过。

后来的日子里，不会每天问候，也没有经常见面。大部分时间，我们都在努力过好各自的生活。但是我知道，这不是疏远，她一直在。我们会在彼此需要对方的时候，不畏风雨地出现。

有段时间心情欠佳，就趁着小长假去她家散心。在路上的时候，她问：“知道一会回去该叫什么吗？”

“知道，妈……”

“可以，很上道……”

于是，我就毫不客气地在她家赖了一整个假期。

乡间的日子，悠闲自在。夜半躲被窝里说悄悄话，早晨睡到自然醒，然后拖着慵懒的身躯径直晃到厨房，享受阿姨和奶奶早已准备好的美味。饭菜，还是家里的好，健康，原生态。

吃饱喝足了，便去散步。屋前田野辽阔，鸡鸣犬吠，雾气蒙蒙，屋后有小河，蒹葭苍苍，白云悠悠。走在田间蜿蜒的小路上，忍不住要蹦蹦跳跳，不自觉轻声哼起了童谣。所有的不开心，就这样消散在乡间的风中。

前一阵子，不过是换份工作而已，但是在和几个要好的同事吃散伙饭的时候，她特意请了半天假，搭乘高铁，风尘仆仆地赶来。她说，我人生中每一个重要的时刻，她都想要参与。

这样温暖的点滴，还有太多，只是书短意长啊。

5

一直以来，我们三观一致，步调统一。唯独在挑男朋友这件事上，眼光相去甚远。她看上的，我瞧不上；我喜欢的，她也不感冒。刚开始，我们还妄图向彼此输出自己的择偶观，但是很快就意识到，这样多好：那些电视剧，以及比电视剧更精彩的现实生活里出现的、闺蜜因蓝颜祸水反目成仇的狗血剧情，自然也就没机会在我们身上发生了。这么一想，倒像打通了任督二脉，顿觉神清气爽。于是，我们就成了，除了男朋友，别的都不分彼此。

几年过去了，我们讨论的话题，从一开始的社团、活动、考试周，到毕业、考研、找工作，再到房子、结婚、生孩子。

岁月的车轮无情碾过，我们都改变了许多。不变的是，那份黏黏腻腻的欢喜，还有向着彼此的真心。如今的我们，还是会一起挤在一张小床上，说着悄悄话沉沉睡去；还是会一起去食堂，分食 2 块钱一张的饼，吃得津津有味，幸福感爆棚。

又是一年橙黄橘绿时，回校园走走吧。你快看哪，枫叶似火染红了天空，银杏叶铺就了一地金黄。那些往事，还有往事里的人，正笑语盈盈，从时光深处走来。

说来生太遥远，不过我想，我们至少是能一辈子的。曾经约定过：80 岁的时候，还要一起穿汉服；还要一起看星星，看月亮，从诗词歌赋聊到人生过往；还要一边嫌弃着对方的满脸褶子，一边搀扶着彼此，全世界地浪，做个酷老太太……

那就立此文为证吧。多年以后，且再看它。希望我们，永不失约。

当你不再惧怕年华老去，便是生命最好的状态

1

我们常说，年轻真好，年轻就是资本。仿佛只要你正值青春，年轻貌美，便理所当然处于人生最好的状态。

可是，真的是这样吗？

近日，章子怡的一组写真在网上爆红。那是一组黑白大片，出自黑白大师彼得·林德伯格之手。不同于常见的明星写真，这组片子没有磨皮，没有 PS，她就这么站在镜头面前，毫无保留地展示出了最真实的自己。

不得不感慨，即使强大霸气如国际章，也没有办法抹去岁月在她身上留下的痕迹。笑起来时嘴边冒出的细褶，早已悄悄爬上眼角的皱纹，略显干枯松弛的皮肤，无不在提醒我们，她已经不再年轻了。

可是，这样的章子怡，反而更迷人了。网友几乎一边倒的评论，都是盛赞。的确，经过岁月的沉淀，风霜的洗礼，她的气质被淬炼得更加让人沉醉，那是一种经得起推敲的高级美。

她的拼命众所周知，她的野心和狠劲儿让人钦佩，一直以来，她都那么认真、热烈而又用力地活着。所以，她就是有这样的底气，不屑于在世人面前遮掩自己年华老去的事实，当下的自己，就是最好的自己。在我看来，这便是人生最好的状态。

2

那一天我二十一岁，在我一生的黄金时代。

我有好多奢望。我想爱，想吃，还想在一瞬间变成天上半明半暗的云……

“可我现在已经25岁了啊！”

前段时间，有个闺蜜这么跟我说过。只言片语里，我都能感受到她那种对时光逝去的恐慌。是啊，在传统的观念里，25岁是个分水岭：

25岁，意味着人生已经过了四分之一；

25岁，意味着要开始考虑谈婚论嫁了，如果你还单身，就会被亲戚朋友们不停“关照”；

25岁，意味着女生的皮肤已经开始衰老，要好好保养了；

25岁，意味着大多数人已经走出了象牙塔，开始见识到世界的残酷，不再任性了……

其实，我认识的很多年轻人，或多或少都有过这样的不安。即使一向积极向上正能量、豁达不羁爱自由的我，也不例外。

我也曾负面情绪爆棚，整夜整夜睡不着觉；

我也曾对未来充满焦虑，三十而立，我害怕自己三十岁的时候还是不能真正立起来；

我也曾怀疑自己在狭小的格子间，日复一日埋头苦干是不是真的有意义；我也曾怀疑自己除了年轻，是不是真的一无所有，因为我再清楚不过，想要得到的一切，并不会随着年龄的增长就自然拥有……

可是，我们明明韶华正当啊。

如今，大部分时候，我已经不再害怕时间的流逝了，即使对于很多事情，还是没有答案，比如，我最终能不能赢得生前身后名。

但是，可以肯定的是，我还算活成了自己想要的快乐模样：

时刻保持清醒自知；

认真地活在每一个当下，做好自己手头的每一件事；

保持对生活和美的感知，不辜负江上之清风，山间之明月；

不放弃见更大的世面，想去的地方说走就走；

不放弃变成更好的自己，坚持健身、读书、写字；

不断结识有趣的新朋友，保持爱与被爱的能力……

我还是有梦想，还是会奋斗，还是会拼尽全力想要在这天地掀起哪怕只有一丝涟漪，但我已经不急于知道结果，因为，活着，在路上，本身就已经是全部的意义。

3

其实生命对于每个人都是公平的。人人都年轻过，每个人也终将老去。而我惧怕的，已经不是不再年轻，而是没有认真地活过，没有来得及体会世间的美好。

如果此刻的你依然年轻，那么恭喜你，不必焦虑，不必担心有一天年华老去，因为你有着更多的时间，更多的机会和可能，做你想做的事，到达你想到达的彼岸。

如果此刻的你已经不再年轻，也不必遗憾。只要认真活过，现在的你必定是最好的自己。即使没来得及认真地年轻，也还能选择从现在开始，认真地老去。

愿每个人都不惧时光，不负年华。愿每个人都能活出最好的自己。

垃圾分类，这场关乎你我的生存之战

1

曾几何时，垃圾分类还是一个不出圈的话题。近来，随着上海轰轰烈烈的强制分类运动，“垃圾分类”这四个字，以铺天盖地、排山倒海之势，迅速闯入了大众视野，强势霸占微博、公众号等各大媒体平台多日，至今热度不减。

从小众扑向大众，如此声势浩大，作为一名前垃圾分类从业者，我起初还是有些意外的。不过，很快也就适应了。其实几年前刚接触垃圾分类的时候，自己心里就已经很清楚了，早晚会有这么一天。

可是，很多人并不清楚。

2

这些天在媒体上看到的，大都是“上海人快被垃圾分类逼疯了”“你是什么垃圾”之类调侃戏谑的内容。茶余饭后和同事的闲谈里，也多是不理解的声音，“花几千亿做这个干什么，劳民伤财，浪费资源……”甚至开始有一些“专家”跳出来，有板有眼地算起了经济账：对垃圾分类大搞特搞，是在人为创造需求，可以多卖桶，多卖车，刺激消费；请督导员，是为了增加就业……

的确，当前垃圾分类产业链上，最大的受益者就是卖桶卖车的设备厂商。但是实施垃圾分类的社会意义，是远远重于经济意义的。刺激消费的方式有很多种，单从这方面来讲，垃圾分类不是最好的选择。

当然，生活习惯被强行改变，垃圾这样带有隐私属性的东西要在光天化日之下被人扒开指指点点，我能理解大家强烈的不适和深深的无奈。

但是，我不知道有多少人透过热闹的表象，认真、深刻地思考过其背后的原因。不知道有多少人好好想过，为什么国家明知推行垃圾分类困难重重，耗资巨大，也要痛下决心，突破一切阻力，坚定不移地推进，且如此紧急，如此迅猛，如此雷厉风行？

3

那就从一个垃圾的生命历程开始讲起吧。我们每天都在制造垃圾。不过，于大多数人而言，把产生的垃圾丢进垃圾桶，甚至垃圾桶都不进，随手一丢，一切似乎就结束了。

那些脱手的、被遗弃的东西，从此会飘向哪里，有着什么样的影响，你不知道，也无甚兴趣知道，反正它已不在眼前。

你以为它消失了。然而并没有。它还存在于这个世界上，这个属于你，也属于我的世界上。被环卫工收集后，经过中转站压缩、转运，垃圾们被押送至它们生命最后的处决场。当然，我这里轻描淡写，一笔带过，实际上，垃圾之旅要经过几十千米的长途跋涉，数次辗转，成本不低，且所经之处留下的难闻气味甚至液体滴漏，很是讨人嫌。

那我们每天会产生多少垃圾呢？据统计，城市人均日产垃圾 1 ~ 1.2 千克。全国生活垃圾年产量约 4 亿吨，并且以每年 8% ~ 10% 的速度增长着。

这意味着什么？看几组直观的数据好了。若将厦门市一年产生的垃圾堆填于环岛路，可以堆起相当于世贸海峡大厦那两栋 300 多米的高楼，如果填埋于筼筜湖，3 年多时间就可以把筼筜湖填平；上海市清运的生活垃圾，每 12 天就可以堆出一座东方明珠；杭州 3 年就能填满整个西湖……

是不是很震惊？

再说一组数据。2016 年，上海的垃圾无害化处理能力是 2.4 万吨 / 天，需求却高达 3.34 万吨 / 天。那多出来的近 1 万吨去了哪里？

极少有人知道，也极少有人关心。后来某一天，苏州太湖西山岛，那个烟波浩渺美如画的梦里水乡，发现被人私自倾倒了 1 万多吨垃圾。

全城哗然。

垃圾处理的速度跟不上产生的速度，垃圾围城越演越烈。那条倒卖垃圾的灰色产业链赚得盆满钵满，却无法从根本上解决问题。非法倾倒，不过是在饮鸩止渴。

4

行文至此，终于又要回到垃圾分类了。垃圾分类和垃圾围城又有什么关系？我们继续。

垃圾围城的问题迫在眉睫，绝非危言耸听。出路有两条。

一是源头上减少产生量，这就要求我们每个人平日里尽量减少制造垃圾，比如，出门购物使用可循环布袋，出差住酒店自备洗漱用品，打印资料采用双面打印等。

另外一条，就是提高垃圾处理能力。

当下的生活垃圾处置，除了可回收利用的再生资源，主要靠的是填埋、焚烧、堆肥。

填埋需要浪费大量的土地。在土地资源日渐紧缺的今天，早已无法满足需求。垃圾填埋产生的渗滤液对土地危害巨大，亦会带来严重的环境问题。这种方式，将逐渐被放弃。

焚烧是未来的主流。问题的关键就在这里。可按照我国人民的饮食结构，一天产生的垃圾中，有超过60%是厨余垃圾。国人喜热食，爱小炒，我们的厨余垃圾，重油，含水率高，若是不能和其他垃圾分开，混合焚烧，势必会影响整体的热值，降低焚烧效率。更严重的是，燃烧混合垃圾产生的二噁英，是毒性比砒霜还要大一万倍的一级致癌物。没有人愿意把焚烧厂建在自家门口。可是如果只投放可燃垃圾，便能有效降低二噁英排放。

堆肥，是用来处理餐厨垃圾和厨余垃圾的。而要想堆出的化肥可用、可销售，对原料的质量要求是非常高的。厨余垃圾中混入其他垃圾，不仅处理效率低，且产物质量差。堆出来的化肥无法正常使用，其实也是制造了另一种垃圾。现在国内有很多餐厨厂吃不饱，收过来的厨余垃圾又不达标。其中的矛盾，就意味着巨大的资源浪费。如果能做到很好地分类，不仅可以有效解决垃圾处理问题，还能通过产物二次利用产生一定的经济价值，何乐而不为呢？

再说说再生资源回收吧。回收的意义我想每个人都懂。那为什么一定要每个人都参与，不直接找专人分拣呢？很简单，一张纸，本来是可回收垃圾。一旦和厨余垃圾丢在一起，沾了油，就变成了其他垃圾。污染了就是污染了，这个过程不可逆，就算后面拣出来，再利用难度已经大大增加了，再造成本高于造新纸，回收还有意义吗？

还有一个有趣的现象。中国商人曾大量进口“洋垃圾”。废塑料、废金属、废纸等，从美国、欧盟、日本这类国家漂洋过海，进入了中国的回收体系。我们一边忍受着垃圾围城，一边替别人处理垃圾，同时还要交钱给人家。当中的差别就在于，洋垃圾经过了精细的、高质量的分类。

所以，现在你终于知道了，为什么要做垃圾分类。

垃圾分类，不是把一堆混在一起的垃圾分成两堆，而是，一开始就不要把不同的垃圾混在一起。每种类型的垃圾，都有适合自己的处理渠道，只有把每个垃圾都放在属于自己的位置上，才能最大限度地减少对环境的破坏，同时尽可能多地创造经济价值。

目前国内垃圾分类主要采用四分法。可回收垃圾和有害垃圾概念相对明确了。让很多人晕头转向的是干湿分离。干湿不是看表面。湿垃圾，指的是厨余垃圾，再通俗一点，就是和吃有关的，能腐败、能烂的垃圾。剩下的叫其他垃圾，也就是干垃圾。所以，网友发明的小猪理论还是蛮科学的，猪能吃的，湿垃圾；猪都不要吃的，干垃圾；猪吃了会死的，有害垃圾；卖了能买猪的，可回收垃圾。

5

其实，回顾历史，垃圾分类并不是一个新词。早在2000年，我国就把北京、上海、杭州、南京、厦门等8个城市列为垃圾分类试点城市。

一开始，垃圾分类的政策是鼓励。鼓励居民进行垃圾分类。环卫部门也曾经尝试过很多办法，发垃圾袋，发桶，搞积分，做兑换……但进展缓慢。

2017 年，国家划定了 46 个城市，要求它们在 2020 年底前先行实施生活垃圾强制分类。2019 年 7 月 1 日起，上海正式步入强制分类时代，扔错垃圾将被罚款，全城执法。

从鼓励到强制，是垃圾分类迈出的关键一步。只有引起足够的重视，落实到法律层面上，垃圾分类，才不是一句口号，才不是街头那几个形同虚设的垃圾桶。

而当更多人真正意识到垃圾分类的必要性和紧迫性时，就会愿意积极配合，认真做好这件看似小，实则关乎你我生存环境的大事。此亦是我写下这些文字的初衷。

任何一种改变，开始都会不适。习惯习惯就好。垃圾分类亦是如此。

认识一个行业内的朋友。他在几乎没有什么分类氛围的情况下，倔强地分类了十几年。自己家里分好的垃圾，刚出门就被混一起运走了。所有人都说他傻。但他不管不顾，还是坚持这么做，十年如一日。问起来，他淡淡一笑，说道："垃圾分类，人人有责，这是个好习惯，就应当保持下去。不管别人怎么样，先做好自己。当然也希望自己通过行动，能够影响到更多人。"

是啊，不管别人如何，先做好自己。若是每个人都能这么想，积土成山，积水成渊，世界就会越来越好。反之，如果每个人都觉得，我不分没关系，那最终，大家只能集体遭受垃圾的反噬，来日追悔莫及。

江山如此多娇。我们爱它的美丽，也有义务让它保持美丽。

习惯养成绝非一朝一夕。然，若垃圾分类需要一百年，那就让我们这代人，成为这个漫长而又伟大故事的起点吧。

多年以后，史家笔下，这场艰苦卓绝的生存之战，应当，也只能，以胜利告终。